怪奇人物博物馆

〔日〕涩泽龙彦 著

詹妍 译

九州出版社
JIUZHOUPRESS

目　录

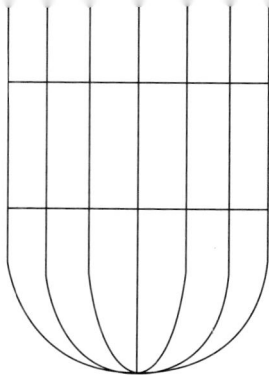

地狱火俱乐部的主宰者

由十八世纪英国的纨绔贵族弗朗西斯·达什伍德创建的"地狱火俱乐部",是一个以恶魔崇拜、乱性为目的的秘密组织。因为里面的很多成员是知名人士,这桩丑闻在当时的伦敦引发了很大的轰动。

如果只是个拥有桃色秘密的俱乐部的话,并不算很稀奇。但由于他们沉浸在恶魔崇拜、黑弥撒的神秘氛围中,再加上秘密俱乐部的最高指导者达什伍德这个人与当时伦敦的年轻政治家、不良文学青年、颓废艺术家等往来密切,是位相当富有教养的风流人物,所以该事件引发了出乎意料的轰动。

达什伍德将年轻时从父亲那儿继承的白金汉县大宅作为秘密基地,吸收同好人士,组建起了业余俱乐部之类的组织。当时,这些文学青年聚集在这儿,只是一边无聊地讨论着艺术论,一边吃吃喝喝而已。但自从那时开始,达什伍德就展现出一些故弄玄虚的爱好，足以让人大跌眼镜。他在大宅的庭院内又是布置小山又是挖河又是植树，布置出女人裸体的形状。当时还没有直升飞机，不可能从空中俯瞰，但如果有机会的话，一定能发现值得一看的有趣东西。

1753 年，从友人那儿过户了泰晤士河畔莫德梅翰（Medmenham）古修道院的土地后，达什伍德将其大肆改造，把它变成了供朋友们游戏和找乐子的豪华殿堂。拟定好计划后，他很快就在夜间悄悄从伦敦差遣了木匠、石匠、画匠过来。担任工作的师傅们被要求发誓不会向任何人透露他们的工作。但传言还是慢慢在全国流传开，好奇的目光一齐投向了莫德梅翰。

达什伍德最终梦想成真，壮丽的哥特式拱门、缠绕着常春藤的柱廊、萧瑟的中世纪风格的塔楼一个接一个地落成了。在古修道院的废墟中发现维纳斯的石像后，达什伍德把它拿过来安放在塔楼的壁龛里。在入口的门上，门头上高高地刻着"请尽你所能地为所欲为"的标语[1]，像是快乐主义宣

---

1. 实际上这句标语援引的是"泰勒玛法则"，即"行汝意志，即为全法。爱即是律法，爱在意志之下"。这句话常常被认为包含了道德、神秘主义和社会政治的暗示。泰勒玛常被视作一种衍生于西方神秘主义的社会性或灵性哲学，在二十世纪初期由英国神秘学家阿莱斯特·克劳利（Aleister Crowley）创立。

言一样。只有院长达什伍德和两三位友人方可入内的礼拜堂里，天花板上画着色情的壁画，周围的墙上是猥亵的十二使徒滑稽画。这里还有准备用来做黑弥撒的祭坛。

修道院广阔的庭园内，四处可见姿势极为奔放的爱神、挺立着男根的巴克斯、正被侵犯的宁芙的雕像，黑暗的洞窟、水池以及绿丛。而各处的石头和树上，到处都有像"在这里享受到死""此处接吻不限次数"的挑逗语。连庭园毗连泰晤士河的岸边，都系着特地从威尼斯买来的黑色贡多拉。在这里，甚至可以视情况在小船里肆意淫相百出。

以达什伍德为代表，聚集在这个修道院的浪荡子中有许多都是在社会上有头有脸的人士。其中有酷爱在英国政坛惹是生非、时任伦敦市长的约翰·威尔克斯（John Wilkes），讽刺诗人同时也是英国国教会牧师的查尔斯·丘吉尔（Charles Churchill），同是诗人的保罗·怀特黑德（Paul Whitehead），时任海军大臣的著名享乐家三明治伯爵（Earl of Sandwich），青年议员托马斯·波特（Thomas Potter），另外还有其他有钱贵族、政治家、文人、艺术家等。这些人纷纷装出修道院修道士的做派：达什伍德是

弗朗西斯·达什伍德

院长，怀特黑德是执事，三明治伯爵是副院长。修道士们全都身着白衣白裤白帽子，只有院长戴着显眼的红兔毛无檐帽。

说起以英国上流社会为焦点的桃色事件，读者们可能会想起"普罗富莫事件"[1]。在作为社会问题引起世间热议这点上，它和"地狱火俱乐部"说相似倒也相似，只不过有着不同的时间背景而已。"地狱火俱乐部"的家伙们不只是追求色情刺激，更是热衷于沉浸在愚弄基督教、召唤恶魔的黑弥撒这样惊险紧张的游戏里。

随着丑闻越闹越大，包括会员录、会规等内容在内的记录一点不剩地被销毁了，因此"地狱火俱乐部"的一切丑态狂行都成了谜。但当时的新闻和杂志记录了各种传言，据说莫德梅翰修道院有个巨大的大厅，厅内备着扑克牌、象棋等游戏道具，大厅的墙上挂着历代英国国王的肖像画。然而不知为何只有亨利八世的肖像画，其脸上紧紧地粘着一张纸。他们简直是把这位染上梅毒的发疯国王当成猴子来戏弄。

图书室中，有由达什伍德苦心收集，让爱好者垂涎不已的色情文学和春画的重要收藏。礼拜堂二楼的客厅里，

---

1. 发生在 1963 年，是以当时英国陆军大臣约翰·普罗富莫（John Profumo）和克丽丝汀·基勒（Christine Keeler）小姐为主角的政治桃色丑闻。

准备着罗马风格的织锦缎沙发，这是特地为宴会准备的。

　　会员们到修道院来一年不超过两次，停留也不会超过十五天。当然是为了掩人耳目。不过，就算这样用心地做好保密措施，还是没能阻止流言的传播。

　　"修道士"被分成高级教士和低级教士两种级别。当单人房间空下来的时候，会员会介绍和带过来新的客人，这些人便是低级教士。根据传言，属于高级教士的会员在莫德梅翰修道院住宿时不是睡在正常的床上，而是睡在巨大的摇篮里。详细情况真伪不明，简直像童话故事一样的奇怪说法。

　　修道院中除了看房子的人之外一个人也没有。聚会时，达什伍德会从城里带来手艺好的厨师和侍者。一天的工作结束后，给钱打发他们回去，第二天再雇佣不同的人，不会重复使唤同样的人。

　　另外，聚会时他还会用马车从伦敦的妓院接来妓女，马车的窗户捂得严严实实的。因为达什伍德素日就和妓院的妈妈们关系好，所以能像这样得到方便。后来为了防止流言蜚语，才不从伦敦而从当地的妓院选择女人。在莫德梅翰的修道院中，这些娼妇们被称为"修道女"。她们胸前戴着小小的银胸针，胸针上刻着"爱与友情"的字样——在色情游戏中，若是目光落到此处，肯定会不知为何心里突然产生难以言喻的感觉，甚至产生脱帽致敬的想法吧。

这些"修道女"里面，也有成员带来的上流社会的夫人、贵族少女之类的人物。这种情况就让她们把脸用面罩遮起来，万一要是碰上熟人就糟了。这里也有医生、外科医生和产婆，要是"修道女"们过于殷勤不小心怀上孩子的话，为了能顺利流产甚至可以一直住在修道院里。实在是非常周到。

"神父"的职位由"修道士"们轮流担任。神父享有持权，能第一个挑选自己看中的女人。与此相对，神父有必须检查修道院内的设施、监督其他使用人的义务。但"大神父"的职位是固定的，一直由院长达什伍德担任。为新成员在礼拜堂里举行入会仪式、可疑的授受圣餐、祭献恶魔和进行黑弥撒的仪式，这些全是"大神父"的活儿。

这些仪式完成后，成员们终于得以在"修道女"的陪同下饮酒作乐，吵吵嚷嚷的宴会开始了。这宴会不限男女，也就是所谓的"大飨宴"（这个词当然有乱性的意思在里面）。要说的话，类似于现在嬉皮士的狂欢派对、乱交派对那样。

　　这样的乱交派对，很久以前就有了。从罗马皇帝、波吉亚家族[1]的暴君们集体性的性享受到十八世纪的萨德侯爵、卡萨诺瓦[2]，在与他们隔海相望的英国发生类似的事情，并没有什么不可思议的。

　　关于黑弥撒，简单说就是和基督教的弥撒相反，对神进行冒渎，特地做些肮脏、猥琐的行为愚弄基督教的圣洁仪式。基督教的弥撒会把象征着基督的肉和血的面包与葡萄酒，由祭司恭敬地献给神。黑弥撒则会把童子尿、精液和女人的经血混到葡萄酒中献给神，然后脚踩踏十字架，将全裸的女人的腰用作祭坛来使用。也就是说，黑弥撒就是通过嘲弄圣洁的仪式，使神的敌人恶魔感到高兴的意思。

　　但达什伍德和他的同党们不过都是有教养的业余爱好者而已。据说，他们根本不相信有什么地狱或恶魔，更从

---

1. 波吉亚家族是具有意大利和西班牙血统的罗马教皇家族，在十五至世纪共出了三位教皇。树敌无数，被指责犯下了通奸、买卖圣职、盗窃、强奸、毒杀等多项罪行。
2. 贾科莫·卡萨诺瓦（Girɔlamo Casanova，1725—1798），意大利冒险家、十八世纪欧洲的著名风流浪子，据传一生和一百三十二位女性有染。

未考虑过对它们的崇拜。我想，他们只是为了图自己开心，才利用恶魔的教义，犯下宗教禁忌，来感受那种禁忌之乐的吧？

　　解散"地狱火俱乐部"和禁止在莫德梅翰修道院内聚会，据说是出于政治上的考虑。详细的情形不得而知。俱乐部解散后，达什伍德又回到了自己白金汉县的领地"家里蹲"起来。之后，他兴建了有巨大黄金圆屋顶的城堡，似乎是梦想重现昔日的光辉。无奈的是，似乎因为年轻时候过度放纵，他的身体突然急剧衰落，只能在宏伟的城堡内部一边独自闭门思过，一边眺望着窗外的世界，空虚度日而已。酒也不能喝了，只能把牛奶混进甜饮料里一点一点慢慢喝，晚景不堪。1781 年，壮志未酬的他就这样死去了。

　　根据村民们传言，达什伍德晚年生活的这座城堡中，至今也还有间上了锁的秘密房间，那里面有着难以形容的色情壁画。但谁也没真正见过。

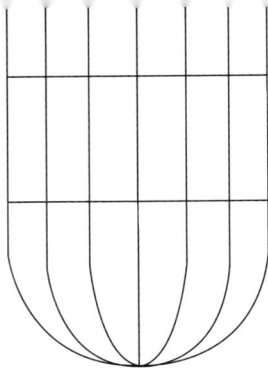

女装外交官

法国大革命的风暴前夕，弥漫着懒散风气的巴黎街头，一首作者不详、歌词怪异的流行歌谣正在传播着：

德翁骑士的

性别真是不可思议

明明是男人

英国却宣布他是女人

还声称

他没有把儿

紧接着的还有两段，但由于相当下流，关于歌曲的介绍就到此为止吧。实际上歌中传唱的这名叫德翁骑士的男子，便是接下来我要谈论的十八世纪法国的奇人——"女装外交官"。

这个男人从诞生开始，身边就笼罩着妖冶的阴云。时而遭到像"穿裙子的唐璜"的恶言恶语，时而又被轻蔑地称为"没有性别的人"。但他却是才华横溢的外交官，除了在莫斯科和伦敦的宫廷内华丽地大展身手，还留下了很多文学作品。他还是当时盖世无双的剑术高手，曾作为龙骑兵大尉参加过战争。这个男人中的男人，为什么在生涯中的某些时期一直穿着女人的衣服呢？

夏尔·热纳维耶芙·路易·奥古斯特·安德烈·蒂莫泰·德翁·德·博蒙，1728 年诞生于勃艮第地区的托内尔，这个名字冗长的人便是后来的德翁骑士。有种说法是，他是作为实打实的女孩子出生的，但为了继承死去的叔父的遗产，被任性的父母当成了男孩子抚育。据说因为如此，德翁成为了不得了的美少年。

随着时间的推移，德翁进入了巴黎的社交圈，和作家诗人们交际来往，还有了自己的作品。根据他后来留下的回忆录，此时他与罗什福尔伯爵夫人十分亲近，夫人从自己的衣橱里挑选出精美的衣裳让德翁穿上，满怀期待地带他去参加宫廷的舞会。德翁也因此完全沉迷上了女装，当这身打扮被圈子里的绅士淑女们瞩目时，他会浑身起鸡皮疙瘩，产生一种无法言喻的快感。

如同歌剧《费加罗的婚礼》中的凯鲁比诺[1]，这名女装美少年的艳姿让法国国王路易十五也栽了跟头，连国王邀他进入自己卧室的传言都有，但这多半是谣言。国王的身边有蓬帕杜夫人在紧盯着，出轨的事情怎么也办不到吧。但路易十五赏识他却是事实。国王打算对这名女装天才加以利用，托付给他某项外交上的特殊使命。

当时欧洲形势混乱，波旁王朝有着数不清的复杂问题。那是一个无论哪个国家的宫廷内都有暗中活跃的间谍组织和秘密使者的时代。德翁骑士于1755年，时年二十七岁，跟随法国政府的秘使道格拉斯一同前往了俄罗斯。此时他身着女装，以道格拉斯的侄女丽娅·德·博蒙小姐的名义参加了行程。当时的俄罗斯由彼得大帝的女儿伊丽莎白女皇把持着朝政大权。这位名不经传的德蒙小姐（即德翁）巧妙地混进了女皇的身边，博取了她的信任，终于得到了在女皇身边伴读的职务，手腕十分了得。

因为穿了女人的衣服，人们也就相信了他是女人，都放松了警惕。然而德翁骑士其实是路易十五的秘密间谍，身负把有关俄罗斯政府的情报送回凡尔赛宫的特殊使命。关于这件事，除少数人以外，连法国政府领导部门的人也

1.在故事中，有凯鲁比诺装扮成女人的情节。

德翁骑士

不知道。德翁直接听命于路易十五，可以说是国王的个人间谍。

　　当他第二次到访俄罗斯时，没有穿女装，是以男人的面貌堂堂正正地出现的。这回道格拉斯拥有政府公使的头衔，德翁便顺理成章地以公使秘书的身份登场，还声称上回来访的德蒙小姐是自己的小妹。俄罗斯的诸位看见这位兄长和小妹长得几乎一模一样，都吓了一跳。这是肯定的吧，毕竟根本就是同一个人。

　　最终他以健康上的理由离开了寒冷的北国俄罗斯，加入军队参加了七年战争[1]，立下战功获得了龙骑兵大尉的军衔。然后又于 1762 年，以法国国王全权公使的身份，向乔治三世的伦敦宫廷进发了。德翁骑士作为外交官的手腕可以说是让人目瞪口呆，促成了好几份法国和俄罗斯、英国的重要条约的签订。他在伦敦的社交圈也屡次以女装示人，对人们的吃惊反应乐在其中。他在伦敦的生活极度奢侈，他在私宅举办过的大宴会据说规模能与宫廷的相匹敌。他的没落以及失宠于国王的原因，第一条就是他的奢侈浪费。

---

1. 发生在 1756 年至 1763 年，当时欧洲的主要强国均参与了这场战争。敌对双方是以英国、普鲁士为首的阵营和以法国、奥地利、俄罗斯为首的阵营。

应该说，德翁有先天上的性格缺陷。喜欢吹牛、傲慢急躁、病态的爱慕，这些缺点非常惹眼。国王和法国政府渐渐把他当成了麻烦鬼。但托长年间谍生活的福，他手上有好多份路易十五签署的重要机密文件，惹他不高兴的话，事情就麻烦了。没办法，法国政府只好给予他额外津贴，除了让他在伦敦高枕无忧地生活之外，别无他法。

话说回来，这里有件奇怪的事情。在德翁骑士终于得到允许能穿越多佛海峡踏上法国国土的时候，他被提出了一条归国的交换条件：今后一直到死都必须穿着女装。到底为何会下达这样奇怪的命令呢，是来自法国国王的命令吗？

有种说法是，这和英国王后索菲·夏洛特有关。过去在俄罗斯旅行之际，德翁骑士曾经在德国萨克森的梅克伦堡伯爵的宅邸内逗留过，英国国王乔治三世的王后夏洛特以前便是公爵家的小姐。身为旧识的二人，在伦敦关系急速亲密起来。一天晚上，两人一起躺在床上的时候被乔治三世发现了。——因为这样的丑闻，法国政府必须给出能让英国国王安心的"不在场证明"。因此，经常穿着女装招摇过市的男骑士若真的是个女人的话，国王被戴了绿帽子的污名便能洗刷了。于是，德翁返回法国的时候，被强迫成为女人。

但这种说法很可疑。第一，若英国国王真的撞见过妻子不忠的现场的话，就应该立马二话不说砍掉玷污了妻子名誉的男人的脑袋才对。第二，德翁骑士虽然有诸如"穿裙子的唐璜"之类的绰号，且这种女装癖也被人怀疑是接近女人的手段，但大家都相信，他其实是对女人完全没兴趣的那种男人。在俄罗斯宫廷待着的时候，有关他追求贵族女性的艳闻一概没有。

深信德翁是女人的人也有很多，玛丽·安托瓦内特和路易十六就都认为他绝对是女人，所以路易十五已经不想再交给他什么秘密使命了。但他手头上保管着很多见不得人的旧机密文件。而德翁毫不在乎，甚至把这些文件作为抵押借了巨额贷款。

为把这些文件取回以及告之他这是他回到法国的交换条件，剧作家博马舍受法国当局任命，亲自奔赴英国和德翁见面。这是个很会巧言令色的男人。在他的说服下，对于要穿女装穿到死这件事，当事者不情愿地接受了。博马舍大概是在这事上参加了赌博。当时，围绕着德翁究竟是男人还是女人这件事，伦敦和巴黎简直像赌马那样进行了疯狂赌博，也有很多看热闹的人。强迫骑士成为女人，肯定会有很多人受益吧。这说起来虽然非常不可思议，但他就这样在全世界的期盼中，成为了女人。

圣乔治和德翁的对决

　　开始时只是按照自己的喜好打造出和自己有关的传说的他，就这样沦为了牺牲品。他掉进了自己挖好的陷阱里，变成了自己创造的传说的影子。所谓弄假成真便是这么一回事吧。此时就算他对博马舍有怨言，也已经束手无策了。

　　回到法国后的德翁，简直可以与明星相提并论。走在街上时，看稀奇的家伙们会哇的一声围住他，嘴里一首接一首地唱着讽刺他的低俗小调，法国还流传过他漫画一样的半男半女的肖像画。加上传记的出版，他的名气更是急剧上升。虽然被当成了小丑一样的角色，但他也和大家慢慢交上了朋友，文坛泰斗伏尔泰直到去世前都经常把他邀请进自己家里。而围绕着他性别谜团的赌博，还像以前一样没停过。最终当局以"败坏风俗罪"明令禁止了这些愚蠢的赌博。

　　上文也提过德翁是剑术高手的事。在宫廷的聚会上，当大家关于剑术的话题气氛高涨时，德翁便会突然把裙子朝上卷，然后摆出击剑的招式。裙子下面穿着的是内裤，女人们见了奔逃而出，路易十五则笑个不停。

　　1787年，他和伦敦的名剑士圣乔治在伦敦卡尔顿宫的对决十分有名。当时德翁已年近六十，因为被长裙裹住了双腿而陷入了苦战，但仍漂亮地打败了比自己年轻的对手，赢得了来自众人的喝彩。但1796年的对决上，他左边胸口被对方刺中，乳头周围因为发炎肿了起来，他有像女人一样的胸部的传言可能就是由此而来。法国大革命发生时，老当益壮的他希望能加入共和派的军队，但没有获得同意。

结果由于剑术对决留下的伤患问题，他于1810年在伦敦里街的陋室内死去，享年八十三岁。遗体解剖后，在场医生的证明书证实了他是正常男性的事实。但根据其他医生的证词，他有像女孩子一样的皮肤，而且没什么胡髯，胸部怎么看也不像是男人的胸部，手上脚上也都没有汗毛。

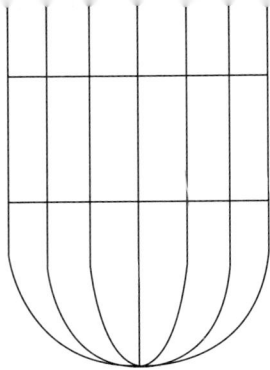

绅士杀人者

说到绅士般的杀手，大家的印象可能是：黑框眼镜配黑西服、白手套配绢丝围巾。但这对十九世纪初的浪漫时代来说就有点走形了。犯下逃兵役、制造假票、抢劫和杀人等各种罪行终于被捉到断头台下的小偷诗人，同时也是当时著名绅士的皮埃尔·弗朗索瓦·拉斯纳尔，他中意的打扮是长外衣配高筒帽，然后从有褶边的袖口中伸出的纤细的手，抓着支象牙把手的黑檀木手杖。这才是贴近浪漫时代的绅士样子。

　　看过电影《天堂的孩子》的观众，肯定能想起来由故去的名演员马塞尔·埃朗（Marcel Herrand）扮演的拉斯纳尔这位胆大包天的杀手吧。他在如东京的浅草一般的乱糟糟的巴黎郊区闹市上，以挂名代写书信的职业登场。这是以诗人拉斯纳尔为原型创作出来的角色，抛开故事的情节不提，这部电影相当忠实地还原了真实人物。

虽被称为绅士的恶魔派诗人，但如波德莱尔[1]那样脸色苍白的知识分子，别说杀人，恐怕连公然轻薄女性都做不来，不过是一个草食系男子而已。而这个拉斯纳尔，是个敢于在底层社会打拼、在邪途上勇往直前、在法庭里嘲笑社会和道德，最后笑着死去的刚毅男子。就算我迷恋上了这个男子也没什么奇怪的。

1800 年，出生于里昂附近滨海自由城的少年拉斯纳尔，不知为何，为暴发户的商人老父亲所不喜，被送去了寄宿学校。双亲只疼爱兄长和姐姐，少年时代的这种不幸经历成了后来他憎恨社会、人类和道德所有这些东西的缘由。这些事情在他被执行死刑前于狱中笔耕不辍写就的著名《回忆录》中，被详细地纪录了下来。

在中学学校里，他也被老师们认为是无可救药的那种人。即使如此，他却喜欢阅读，很早就和伏尔泰、狄德罗等人的启蒙思想进行了亲密接触，还偷偷把色情刊物带去了学校，被发现后遭到学校开除。当时出版的一系列萨德侯爵的小说，他肯定也读过。

青年时代，拉斯纳尔伪造身份加入了军队，又从军队

---

1. 夏尔·皮埃尔·波德莱尔（Charles Pierre Baudelaire，1821—1867），法国诗人，象征派诗歌之先驱，现代派之奠基者，散文诗的鼻祖。代表作包括诗集《恶之花》及散文诗集《巴黎的忧郁》等。

跑出来，来到了巴黎，和流氓无赖的朋友们开始了往来。此时已在意大利的维洛那犯下杀人罪行又时常进出看守所的他，既有头脑又有胆识，很快就成了这群流氓无赖的头目。正如马塞尔·卡尔内（Marcel Carné）导演的电影[1]一样，他一边做着代写书信的工作，一边秘密地进行抢劫和盗窃的买卖，到了晚上就诗兴大发。经过一位作家朋友的引荐，他在文坛和社交圈也开始崭露头角。

　　白天，拉斯纳尔就在巴黎混乱郊区的圣马可街，穿着脏兮兮的衣服，与卖艺人、摆地摊的、卖春妇和乞丐们进行为伍。到了夜晚，他就裹着漂亮的衣物，把头发梳出波浪，拉紧细软的小胡子，将爱用的手杖拿在手上，前往聚集着贵妇人们的社交圈、文坛还有豪华赌场。对于白天夜晚的二重生活他切换得非常自如。

　　根据《回忆录》中所说，此时，他在赌博中出千被发现，和人气小说家班杰明·康斯坦（Benjamin Constant）的外甥进行了决斗。又和某沙龙的贵妇人进行了火热的恋爱。但这段一生只有一次的重要恋情却被当时肆虐欧洲的鼠疫打断了。女人突然死去，故事宣布结束。失去恋人的他陷入了极度的痛苦，还在三十岁上下的他头发变得一片

---

1. 即上文提到的电影《天堂的孩子》，导演是法国电影导演马塞尔·卡尔内。

Pierre François LACENAIRE

"La vertu!... n'est-ce pas une longue imposture
Qui dérobe le riche au fer de l'indigent? (...)
Le pauvre seul est tenu d'en avoir.
Pauvre à toi la vertu! Pauvre à toi la misère.
A nous le vice et la vie à plein verre!"

Lacenaire

皮埃尔·弗朗索瓦·拉斯纳尔

花白。

　　他还同香榭丽舍的一名叫阿道夫的同性恋男子一起做过敲诈勒索的工作。阿道夫负责设下圈套，他扮演警察威胁同阿道夫睡觉的男人，因为当时还存在鸡奸罪这个罪名。由于情事纠葛，他还用手枪射杀过两名地痞。他在赌场上的扑克脸和他作恶时的冷静沉着一直是传奇的话题。

　　1834 年，拉斯纳尔杀害了过去在监狱中结识的一名叫沙尔东的男子。他带着手下阿夫里尔一起潜进沙尔东的公寓，将马具商使用的尖头长针插进了沙尔东的心脏。沙尔东的母亲睡在隔壁的房间，拉斯纳尔看见她手上紧握念珠的样子后，心中突然涌出了不明原因的恨意，他将睡着的老妇人手中的念珠一把抢走，砸向了墙壁，待她惊醒后又对着她的脑袋和脸狠狠地痛揍了下去，把她打死了。然后才披着偷来的毛皮披风前往土耳其浴室，洗干净了身上的血污，回到了自己家里。

　　此事发生于 12 月 14 日。拉斯纳尔杀害沙尔东是为了灭口，因为沙尔东嗅探到了拉斯纳尔要进行银行欺诈的事。两周后的 12 月 31 日，拉斯纳尔以发售假票据为由，将玛莱银行的某位出纳员叫到某处，要进行抢劫杀人。但不巧的是出了岔子，犯罪未遂，他和手下一起急急忙忙地逃出了巴黎。来到第戎后，又想以伪造名字的假票据犯罪时，事情败露，被逮捕然后送到了福斯监狱。

　　开始时他只是因为伪造票据的案子被收监的，没有被当成杀人案的犯罪嫌疑人。然而同时被逮捕的同伙却是个口风不紧的男人，泄露了拉斯纳尔的名字，警察这才弄清了这个因为别的事件遭逮捕的人竟是某起杀人案的罪魁祸首。拉斯纳尔被转移到了监狱附属医院的某间病房，录了口供，最后确定要接受审判。若是审判，死刑是逃不掉的吧。

　　媒体对这起杀人事件进行了大肆宣传，详细介绍了犯人的个人经历，他的诗被刊登在报纸上。记者们每天都将监狱的病室围得水泄不通，争相记录下拉斯纳尔毒舌的言论。最后据说连文人墨客、医生、律师以及看热闹的巴黎的老爷夫人们也都竞相踏进拉斯纳尔的病室，只是为了一睹这个绝世恶人的风采。他的房间简直像人气歌剧演员的化妆间一般，监狱的狱卒们为了安置大量的访客跑得汗流浃背。

　　访客必须事先预订才能确保有位置。为了能装下所有人，病室进行了三次扩建。拉斯纳尔面对人们的提问，时而淡淡地讲述着自己少年时代的回忆、情事和犯罪等事实，时而又以悲痛的表情念着自己所写的诗。人们仿佛在文学大师维克多·雨果的家做客般，以出神的表情听着。

女人们更是为这名犯罪者忧郁的气质、优雅的举止和伶俐的口齿而倾倒。

某名狂热的女粉丝向他提问："你没有写剧本的打算吗？"拉斯纳尔微笑着回答说："虽然也有那样的想法，能取材的主题也应有尽有，但是呢，尊敬的女士，遗憾的是我没有那样的时间……"

审判在 1835 年 11 月 12 日开始。每次席下的旁听者都多得挤到了走廊外面，拉斯纳尔每次站上被告席时，审判长都必须要求台下保持安静，辛苦极了。被告的沉着使人吃惊，但比这更使人吃惊的是被告令人意想不到的陈述。旁听的人们相信被告肯定会为自己的行为辩解。然而接下来的陈述完全打破了人们的期待：

"我的共犯和我的犯罪行为没有任何关系，"他首先申明道，"我是出于自己的意志一个人计划了所有事情，做了所有事情。然而要说我有什么问题的话，那就是我杀的人不是只有两个，有十个，不对，一百个也有吧。这不是一场拙劣的战争，我也并非一个拙劣的指挥官。很遗憾，我的手下无能，我的战争是像蚂蚁打架般的东西。我觉得很不好意思。但我也发觉我的律师先生对我的立场也太过分小看了，就算是获得勋章的资格，我也足够拥有了……"

　　庭上一片寂静，旁听的人们全都目瞪口呆。对于这个极恶之徒向社会和道德进行的最后挑战，所有人都屏住了呼吸，大气也不敢出。拉斯纳尔沉着、挖苦和意志激昂的语调一直持续到了最后："给我记住，我憎恨人类，我憎恨这个时代的所有人，"他说道，"我一刻也没有忘记对社会展开复仇。"

　　迄今为止一直将拉斯纳尔浪漫化的英雄崇拜，对他褒以赞美之声的舆论论调，以此日为界，为之一变。人们改称他为冷酷的野兽、脱下绅士面具的恶魔、人类之敌，等等。访客的人数骤减。有名的骨相学家在他还活着的时候就采下了他的"死亡面具"[1]，以供将来研究。另一方面，拉斯纳尔本人对于世间的指责无动于衷，缩在监狱的房间中，像以前一样时而作诗，时而写自己的《回忆录》，根本没有想其他事情。审判的结果毫无疑问，是死刑。

　　在这本《回忆录》中，我发现了实在很有深意的片段——"啊啊，要是我被双亲爱着的话！""对孩子来说，没有比被爱着更为朔望的事了"等诸如此类的话。我推测这个极恶之徒的心中，可能对爱的追求比一般人都要强烈。虽然蒙受双亲的冷落，但小时候养育他的乳母似乎是

1.指用柔软物质压在死人脸上，变硬后取出制成的人的面部模型。

十分温柔的女性。在他的一生中，同他交往的情妇，据说也全是同他的乳母相像的女人。

很遗憾，已经没有篇幅引用他的诗了。他的诗《死囚之梦》的第一行："做梦的时间是会变得幸福的时间"，实在是一首甜美、哀切的诗。

死刑执行之日是在 1836 年 1 月 9 日。酷寒的早晨，拉斯纳尔在黑暗中被叫起来，和共犯阿夫里尔一道被马车押往死刑场，这时，他讲了他这辈子的最后一个玩笑："墓地的土今天一定很冷吧。"阿夫里尔不甘示弱，呛声说："给我裹上毛皮后再用土埋起来吧，就拜托你了。"

死刑场仍沉浸在一片黑暗中。最先斩下的是阿夫里尔的脑袋，紧接着就是拉斯纳尔了。在断头台的刀刃下，他主动将自己的脑袋放了上去。此时，不可思议的是，断头台的刀刃在中途卡住了，没有落下来。那之后连试了五次都没有成功，终于在第六次砍下了他的脑袋。这样的故障之前几乎从未有过。

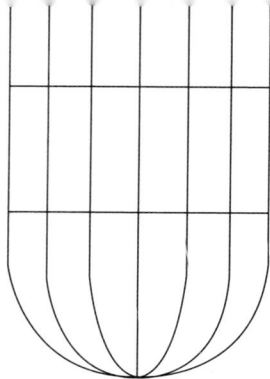

拉斯普京和他的女儿

亡命美国的斯大林之女 [1]，曾写过和父亲有关的评论。而最近我读了二十世纪俄罗斯怪人拉斯普京的女儿写的和自己父亲有关的传记，产生了很大兴趣。

如大家所知，拉斯普京是在革命发生前，腐败的俄罗斯宫廷中持有巨大权力的一个臭名昭著的人物，他博取了尼古拉二世皇后亚历山德拉的信任，以不可思议的魅力迷惑住了宫中的女人们，展示了各种各样的奇迹，创办了可疑的新兴宗教，举行过荒淫无度的飨宴。但我在读了拉斯普京的女儿玛利亚的传记（1966 年）后，获得的只是一个老实的西伯利亚农民、女儿眼中的好父亲的印象。这是

1. 即斯维特兰娜（1926—2011），是苏联领导人斯大林的独生女。1967 年她从苏联逃到美国进行政治避难，随后加入美国国籍并成为一名作家，曾公开谴责斯大林。

他女儿写的东西，不清楚有多大的可信度，但因为和通常描述的拉斯普京的形象完全不同，所以我觉得很有意思。

拉斯普京原本和妻子有三个孩子，革命发生时，他们全被布尔什维克党员所杀，只有女儿玛利亚一人奇迹般地活了下来。她亡命到巴黎，经历了重重波折，最后，为了挽回五十年前父亲的声誉，她收集了很多资料写出了这本书。我只能说这就是养育女儿的好处。

格里高利·叶菲莫维奇·拉斯普京是西伯利亚的贫民之子，从年轻的时候开始，便是拥有狂热宗教热情的人。在他还是孩子时，就曾看见过圣母玛利亚的显灵，意识到了自身的使命。他自西伯利亚各地的修道院学成归来后，在村子里开办了自己的教团，收了信徒。他作为咒术师获得的评价极高，据说他只要直视对方，用手触碰对方的身体，所有的病就都能治好。

他将信徒们聚集在地下洞穴里进行礼拜和仪式。在正统派的祭司看来，这怎么看都是形迹可疑且充满异端邪说味道的行为。但拉斯普京觉得自己才是真正的正统派，女儿也作了这样的证言。

但根据传说，拉斯普京进行的仪式好像是相当淫荡的活动。他会和男女信徒们一起，在熊熊燃烧的篝火旁围成一圈，随着奇怪的祷歌声跳起狂热的舞蹈。舞蹈的节奏越来越快，随后渐渐狂乱起来。热烈的喘息和呻吟声在周围弥漫开来，最终火焰全数熄灭了。四周一旦变得一片漆黑，"开始肉体的试炼吧！"拉斯普京的声音就会在空气中响起。于是男女信徒们一边脱光了自己身上的衣物一边胡乱地选择对象，开始沉湎于交媾。

拉斯普京的这个古怪宗教，根据一种说法，和俄罗斯十八世纪兴起的异端宗教"Khlysts 派"（俗称"鞭身派"）有关。"鞭身派"的原理，简单来说就是"为了能得到救赎必须犯下罪孽"。就是说人类越是犯下罪孽，身体越不干净，便越能深刻地反省，所以要自己抽打自己的肮脏身体。——但女儿玛利亚断然否决了父亲的宗教是异端邪说的这种说法。

1907 年，拉斯普京离开故乡的小村子，前往首都圣彼得堡。正好此时，皇帝尼古拉二世的儿子阿列克谢因为宿疾血友症，出血现象怎么止也止不住，俄罗斯和法国的名医们也无力回天，阿列克谢性命危在旦夕。皇太子的血友症是来自他母亲哈布斯堡家族的遗传病。亚历山德拉皇后趴在皇太子的枕边，绝望和伤心到已经快要死去了。此时，皇后身边的女官安娜·维鲁波娃向亚历山德拉谏言道："陛下，有一个正走红的圣僧叫拉斯普京，把他请过来怎么样？"

被叫来的拉斯普京，胡子蓬乱，目光炯炯有神，一副西伯利亚农民的朴素打扮。进屋子里时一点也不怯场，以俄罗斯农民的寻常模样，托住皇帝皇后陛下的手施了吻手礼。之后，他坐在小王子的枕边，花了几分钟低声地念了祈祷时讲的话。然后他伸出手，轻轻放在少年长满金发的头上，以有力的声音说道："殿下，睁开眼睛笑笑吧，你看，已经不难受了哟，没事了哟。"

之后，令人吃惊的事情发生了。一直奄奄一息的生病少年，在床上霍然起身，脸上还挂着灿烂的笑容。房间中的其他人还处于震惊中时，拉斯普京开口道："能给殿下拿些凉水过来吗，失了太多的血，正是需要补充液体的时候。""但医生们嘱托过不能喝水。"皇后插嘴道。"没什么大不了的，把水拿过来。"拉斯普京重复道。皇后为了能马上取来水飞奔出了房间。

皇太子拉住拉斯普京的手，让他在床边坐下，"不知道名字的叔叔，说点什么吧，说点什么吧。"皇太子出声道。拉斯普京于是讲了西伯利亚妖精的故事，孩子一直认真地听着。皇后终于拿来水时，拉斯普京拿着杯子靠近少年的唇边说道："你看，这就是西伯利亚妖精喝的水哟。"

孩子将水一饮而尽后，又继续听起西伯利亚妖精的故事来。之后沉沉地进入了梦乡。

翌日的早晨，皇太子阿列克谢看上去气色良好，已经恢复了往日健康的模样。医生们除了说这是奇迹之外再无话可说。皇后流下了喜悦的泪水，吻着拉斯普京的手表示了感谢。

因为皇后亚历山德拉本来就很迷信，是虔诚的俄罗斯东正教信徒，很快，她就成了拉斯普京的狂热崇拜者。宫廷中的贵族女性们也都争相拜倒在了拉斯普京的脚下。他拥有能魅惑人心的特殊力量，不愧是被称为魔法师的男子。拉斯普京获得了在宫中自由出入的许可，无论何时身边都有女人们围绕着。连他圣彼得堡的家中，每天都有女人们送来花束、酒水和点心，像仆人一样照顾他的饮食起居。据说他像西伯利亚的农民一样用手吃饭。饭吃完后，把不干净的手指向前伸，女人们便会争相去舔他的手指尖。

传说里，拉斯普京的生活极为放纵，将众多的女人作为情妇，奸淫了一位修道女，过着酒不离身的生活。但女儿玛利亚否定了强奸的说法。"女人们会自己送上门，根本没有去奸淫的必要。"她解释说。虽然这样，他有情妇的事情女儿也没有否认。至于这个卷进来的修道女，据她说是布尔什维克党为了暗杀拉斯普京，送过来的一个恶毒女间谍。

根据女儿玛利亚的证言，拉斯普京绝不吃肉，除了鱼、鸡蛋、水果和黑面包其他什么都不吃。年轻的时候他认为放荡懒散的生活是有害的，到了晚年才开始一点一点地喝起酒来。取而代之的是，他一天里会喝掉数量令人难以置信的茶。他早上六点起床做弥撒，这已经成为他的习惯。

从日俄战争惨败到第一次世界大战爆发，俄罗斯无论对内对外都十分艰难，甚至可以说罗曼诺夫王朝不过是在苟延残喘而已。宫内，围绕着继承权的阴谋风云变幻，宫外，社会主义者和无政府主义者为了打倒君主专制的恐怖袭击频频发生。拉斯普京获得了皇帝皇后的信任，慢慢开始在政治领域也有了发言权，自然而然也出现了嫉妒他、将他视作威胁的人。皇帝的亲属基本上都将他当成了敌人，革命运动的小册子上则开始叫嚣着攻击他的专横。

第一次世界大战爆发前，拉斯普京提倡彻底的反战论，战争开始后也始终如一，坚定地主张对德国讲和。和忠实于沙皇专制制度的维特伯爵那样的保守派政治家十分合得来。但如同预知到了沙皇专制制度的灭亡一般，"可怕的暴风雨威胁着整个俄罗斯，最终俄罗斯会在血中溺亡！"他曾给皇帝送去过像这样的话。

1916年复活节的那天，在和皇帝一家一起在礼拜堂做弥撒时，拉斯普京突然发出喉咙像被掐住的低声惨叫，面色惨白，然后晃晃悠悠地倒了下去。吃惊的女儿扶起他，拉斯普京对她说："不用担心，我只是看到了可怕的幻觉而已，我看见自己的尸体躺在这个礼拜堂上，然后一瞬间里，我清清楚楚地感觉到了死的痛苦。为我祈祷吧，我马上就要死去了。"这年的12月，他真的去世了。

铲除拉斯普京的计划，是由尤苏波夫公爵主导、青年贵族们执行的。尤苏波夫公爵的家族是俄罗斯的第一财团，当时三十岁的年轻公爵是牛津大学出身的著名纨绔公子。根据后来他写的回忆录，这位男子有穿着女装登台表演的爱好，似乎是男同性恋。然而不可思议的是，拉斯普京信任这个男人，不顾周围人担心的视线，宠爱着这位青年。

12月17日晚上，拉斯普京收到邀请，前往公爵家。如果尤芳波夫公爵的记述没错的话，拉斯普京先是将混有氰化钾的点心一点不剩地吃了。可是即使这样都没有死，于是公爵紧接着又将掺了毒的葡萄酒呈上来。但拉斯普京还是没有反应。坐不住的公爵从旁边的房间拿来手枪，对准拉斯普京的心脏开了枪。虽然这回倒是倒了下去，但拉斯普京接着又醒了过来，踉踉跄跄地站起了身。他匍匐着爬上台阶时，背上又被追加了四颗从手枪中射出的子弹。拉斯普京已经行将就木的身体，过了一会儿竟又动了起来。头皮发麻的公爵这回用银质的枝形烛台，对准昏迷中的拉斯普京的脑袋，狠狠地敲了下去。这个老人有着异常强大的生命力。

但如果女儿的记述没错的话，他临死前其实遭受了各种非人道的拷问。尸体于 19 日早晨在已结冰的涅瓦河中被发现。被扔到河里时他似乎还有气的样子。他的头盖骨被打凹了，脸上全是伤痕，一只眼珠凸了出来，仅靠肉筋垂在脸颊下。实在是目不忍睹的惨状。

皇后命令女官，在埋葬前将拉斯普京的身体好好洗干净。根据女儿玛利亚的讲述，这个女官，把他的两颗睾丸全弄碎了，大概是用鞋子踩的吧。

拉斯普京葬礼结束后三个月，俄国"二次革命"爆发。布尔什维克党将他的尸体挖出，在路边烧毁。

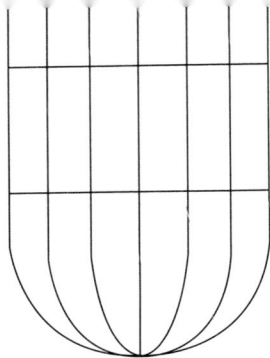

开膛手杰克的真身

提起犯罪史上有名的"开膛手杰克"，读者们一定知道吧。故事发生在英国的维多利亚王朝，浓雾弥漫的秋色中。伦敦贫民街白教堂，在 1888 年 8 月 7 日到 11 月 9 日，六名卖春妇一个接一个地被残虐地杀害，肚子一个接一个地被捅开，内脏也一个接着一个地被掏了出来。犯人却如幽灵一样藏于雾里，终于事件进入了迷宫之中。但犯人给警察寄了署名"开膛手杰克"（Jack the Ripper）的信。这个曾令伦敦陷入恐怖深渊、背后凶手的真面目晦暗不明的名字，随着时光的流逝，披上了一层传说的光辉，直至今日仍在不停流传。

　　给电影小说提供了如此之多灵感的犯罪者很少碰见。

从德国表现派的电影[1]到朱丽叶·葛雷科（Juliette Gréco）的香颂[2]，从布莱希特的《三文钱歌剧》到前卫音乐家阿尔班·贝尔格的歌剧《露露》，已经成为一个象征性人物的开膛手杰克活在了作品之中。

最让人感到不可思议的是，这个谜之犯罪者简直像古典悲剧法则的忠实守护人一般，无论是犯罪地点，时间，还是选择血祭的牺牲者的类型（职业），从无变化。

首先，地点一直只限于伦敦东区被称作"白教堂"的乱糟糟的贫民街——一个贫困不堪、犯罪肆虐且臭名昭著的地方；接着关于时间，犯罪基本上都发生在星期五的夜晚到星期一的早晨，也就是人很多的周末；然后牺牲者全部是卖春妇，除了一人以外，全都是已年过四十、病衰体弱，还酗酒，过着近似乞讨的生活的卖春妇——这也是和一般性犯罪不同的一点，开膛手杰克的下手目标并不是年轻美貌的姑娘。

说起杀人手法的残忍，简直令人毛骨悚然。大部分的受害者肚子都被掏之一空，肾脏、卵巢、子宫等都被拿

---

1. 指 G.W. 帕布斯特（G.W. Pabst，1885—1967）执导的《潘多拉的魔盒》。该电影改编自剧作家弗兰克·韦德金德（Frank Wedekind，1864—1918）的同名作品，后文阿尔班·贝尔格（1885—1935）的《露露》也改编自此。G.W. 帕布斯特也曾执导过后文《三文钱歌剧》的电影版。
2. 指朱丽叶·葛雷科（Juliette Gréco）演唱的 Sir Jack L'éventreur。

了出来。罪犯把这些东西或是带走，或是直接弃置在尸体上。甚至有面孔都被伤得面目全非的女人。尤其是最后的牺牲者，一名叫作玛丽·简·凯莉（Mary Jane Kelly）的女性，她被杀害的手法十分过分。只有她和其他的受害者不同，较为年轻，仅二十四岁。而且与以往在道路上的行凶现场不同，她是在闺房之中被杀的，那里简直像尸体解剖的现场，五脏六腑全都被乱七八糟地卸了下来。

详细说明发现尸体的现场情况的话，凯莉宛若置身血海，浑身赤裸，正面朝上地睡在床上。左右耳都被砍断，脑袋和身体搬了家。鼻子和耳朵都没了，脸上是毁容式的刀伤。胸腔和腹腔的内脏都被取了出来，肝脏放在右腿上。包含子宫在内的下半身也被掏了出来。墙上血痕四溅，床头边的桌子上放着奇怪的肉块，后来经过调查发现那是受害者的两个乳房。那附近，心脏和肾脏对称地摆在一起，肠子懒洋洋地搭在墙上挂着的画框上，让人简直像置身肉店一般。这样周密的解剖工作，据警察推测，少说也要花上两个小时。

第四名牺牲者凯萨琳·艾多斯（Catherine Eddowes）被杀害时，虽然犯人顺走了她被拿出来的左肾，但过了一段时间，一部分被包裹在小包内、很像肾脏的肉块被送到了白教堂自警团团长的家里。经过医生的分析，这是一位生活习惯不良、酒精中毒的中年女人的肾脏。

　　开膛手杰克似乎是有强烈的自我表现欲，想让自己的犯罪行为尽可能惹人注意。他给报社和警察局寄过好多次自信满满、充满嘲弄意味的信。虽然里面也混着很多可能不是他写的信，但经过专家研究后确认里面三十四封信确实是他本人写的。第一封信以红墨水写成，在 1888 年9 月 12 日被寄到了中新社。信中留下了类似的话："我对卖淫的行为恨之入骨，我要像治好肚里的蛔虫一样斩尽杀绝，这是伟大的事业，至上的事业。"——在伦敦警察局（苏格兰场）的犯罪博物馆中，现在这些信还在玻璃柜中展示。

　　因为连续杀人事件，伦敦市见不得人的贫民街被暴露在了光天化日之下。报社齐齐指责警察的无能，很快便向着成为社会问题的方向发展并一发而不可收拾，反犹太主义者和无政府主义者骚动不安，晚上自警团和学生们在街上巡逻。"犯人应该是外国人吧？"因为这样的说法，很多嫌疑者受到了调查，结果都证实为清白。针对警察的抗议声越来越高，终于发展到警察局长查尔斯·沃伦宣布辞职的局面。

　　关于这个事件，能写的事情还有一大堆，但我们还是把讲述范围放在"开膛手杰克到底是何人"的问题上来吧。从当时到现在产生了如此之多的假说和臆测，这实在令人称奇。

最为离奇的说法是：凶手是毒杀了好几名病人的医生托马斯·尼尔·克宁[1]。

在他被施行绞刑时，他刚说到"我是杰克……"的瞬间就扑通一下被吊了起来然后死掉了。但这种说法的不足之处是发生白教堂事件时，他正待在美国的监狱里服刑。因此，这种说法就不成立了。犯罪者中想把自己的犯罪行为吹得天花乱坠的大有人在，克宁可能也是属于这类型的人。

也有"犯人是葡萄牙人水手""是远洋渔业的船员"的说法。因为人们觉得，如果能熟练地切开鱼腹的话，肯定也能很容易地把女人的内脏给挖出来。

一位叫作威廉·斯图尔特的广告画画家提出了"开膛手杰克的真身是女人，可能是产婆"这一微妙的说法。因为如果凶手是负责为卖春妇们堕胎的产婆的话，就能毫不惹人怀疑地接近女人们，偷偷进出她们的屋子。在最后的牺牲者凯莉屋子里的炉子中，曾有大量被火烧过的女性衣

1.托马斯·尼尔·克宁（Thomas Neill Cream，1850—1920），美国医生，在芝加哥时因为毒杀的嫌疑在1881年遭到逮捕，又于1891年被释放，同年他来到伦敦继续犯案，于1892年再次被捕。

物的灰，于是就有了"凶手可能是把自己沾满血的衣服烧了，然后穿着受害者的衣服离开房间"的说法。顺带一提，犯罪发生时，当时还没什么名气的侦探小说家柯南·道尔秉持的也是"犯人是穿着女装从警察面前悄悄溜走的"这一观点。

一位以强盗、欺诈、抢劫银行和杀人等罪行被宣判死刑的男子弗雷德里克·迪明[1]，在死前也曾声称自己是杰克。他的"死亡面具"现在被收藏在伦敦的犯罪博物馆中，也有人相信这就是杰克本尊。以毒杀狂魔之名出名的波兰人乔治·查普曼[2]当时也住在白教堂，因为常出没于外科医生那儿，常被人同杰克混为一谈。

新闻记者唐纳德·麦考密克（Donald McCormick）和小说家科林·威尔逊（Colin Wilson），坚持主张一位叫作培达钦科的俄罗斯医生是凶手。这位医生是天生的杀人狂，他是拉斯普京的亲友和沙皇政府的爪牙，为了使英国陷入混乱他被送进了伦敦城里。因为伦敦有很多俄罗斯的无政府主义亡命徒，如果犯下引起世间骚动的罪行的话，

---

1. Frederick Deeming（1853—1892），水手，十四岁开始就坐着船在世界各地旅行。他杀死了原配妻子、再婚的妻子和他们的家人，将他们埋在家里，尸体被割喉和碎尸。
2. George Chapman（1865—1903），1888年他来到伦敦，和他在一起的三名女人接连死去，最后在和他在一起的女人体内检测出了毒药。

那个责任就能丢到他们头上了。俄罗斯的秘密警察（奥克瑞纳）的公报上，据说记载过培达钦科在伦敦化装成女人，杀害了五个女人的事情。

另外还有犯人是患有胸病的贵族医学生的说法（简直像陀思妥耶夫斯基的小说一样），据说犯人是拥有王室血脉的罗素家族一员（伯特兰·罗素对此进行了抗议）。无论哪个都没有什么根据。

然而，不知何时伦敦警察其实早已秘密认定了真凶是谁，但一直到最近都未把这些数据公开过，仅供内部参考，真相保密。虽说这很奇怪，但可能是出于保护犯人家属的目的才这样处理的吧。美国作家汤姆·卡伦（Tom Cullen）仔细追溯当时的记录，在 1965 年终于识破了开膛手杰克的真身。此时距离白教堂的恐怖之日，已有六十八年之久。

这个秘密的保管者是 1903 年到 1922 年间担任苏格兰场侦查部门部长的麦尔维尔·麦纳腾（Melville Macnaghten）。在他的笔记中，列举了三名嫌犯的名字，

---

1. 汤姆·卡伦（Tom Cullen）有一本叫 *Autumn of Terror : Jack the Ripper : His Crimes & Times* 的书。

尤其是开头提及的人最有嫌疑。

1888 年 12 月 31 日，就在开膛手杰克最后的犯罪过去的第七周，泰晤士河里捞上来一个人，是叫作蒙塔古·约翰·德鲁伊特（Montague John Druitt）的三十一岁青年律师。他是牛津大学出身的高材生，父亲是皇家外科学院的成员、有多塞特家血脉的名门之子。家里代代是医生，祖父、叔父和表兄弟皆是医生。溺死者的尸体是在经过了约一个月之后，在泰晤士河上漂流时被一名船夫发现和打捞上来的。在死者的口袋中发现了石头，想必是有意识的自杀。死亡诊断书上，写着死因是突发性精神错乱。——这便是开膛手杰克的真身！

从少年时代开始，他作为大资产阶级的子弟过着无忧无虑的生活，学习优秀，对网球、板球等体育项目也很擅长，是将来备受期待的青年。那他到底是从何时开始显露出这可怕的施虐者征兆呢？侦查部门部长的笔记里对此也没有提及。只是根据汤姆·卡伦的推理，事件发生时他住在距离白教堂步行只需数分钟的内殿律师学院，很利于从事深夜的犯罪活动。法学院内竟住着杀人狂，就算是警察也料想不到有这回事。

警察内部也有很多人断定犯人是医生，然而结果却是律师。只是这位律师在小时候曾在医生周围生活过。

　　萧伯纳曾以讽刺的语气说过，开膛手杰克是社会改革家。意思是说杀人作为一种电击疗法，能对社会的病根进行祛除。或许确实如此。

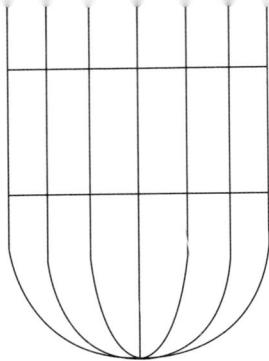

诺查丹玛斯的预言

史上最伟大的占星术师和优秀预言家——诺查丹玛斯，读者们大概有听过他的名字吧。在吹起宗教改革之风的十六世纪初的法国，诺查丹玛斯博取了凯瑟琳·德·美第奇皇后的信任，作出了无数令人吃惊的不可思议的预言，身后留下了莫大财产，在六十三岁时平静死去。他神秘的名字出现在无数文学作品里，现在也在流传中。

　　诺查丹玛斯最为有名的预言，是关于当时法国王室亨利二世的意外死亡（在枪术比赛中一只眼睛被刺穿而死）和说中了三位王子的不幸命运的事情。这些逸闻我以前讲过[1]，就在此割爱了。由于他作出的预言实在令人吃惊，近代也好现代也好，很多学者都认真地相信着他的预言能

---

1. 见涩泽龙彦的《世界恶女传》，中国书籍出版社，2011。

力，钻研着遍布他古怪"预言集"的令人费解的四行诗，进行了各种各样的注释。

在有关诺查丹玛斯的研究家中，甚至有人主张这个十六世纪的天才预言家能够预言从法国革命、路易十六之死到拿破仑的夺权和没落，二十世纪的第一次世界大战和西班牙战争到俄罗斯革命、希特勒之死等所有这些事情。对他的四行诗一句一句地引用，还进行了乍看很有道理的解释。其中也有牵强附会的解释，让人有点摸不着头脑，但因为是堂堂大学者认真进行的研究，也不能说它全是胡说八道。

诺查丹玛斯的"预言集"叫作《百诗篇》，这本书由百首四行诗构成。虽然有各种各样的版本，但这本《百诗篇》的预言集就算没有十卷也有七卷，所以四行诗的总数有近千首。现在我就翻译书中的其中几段让你们过目：

　　意大利附近诞生了一位皇帝

　　意大利被他高价买卖

　　形迹可疑的人和皇帝组成了恶党

　　与其说他是王，不如说他是屠夫

这是第一卷第六十首的四行诗，据学者解释，皇帝明显是指拿破仑。科西嘉岛[1]就在意大利的附近。"高价买卖"是指在 1767 年科西嘉岛被热那亚共和国割让给法国的事情。拿破仑挑起了数场大战，使百姓们血流成河，此事人尽皆知。"屠夫"的称号便是此意。

拿破仑登基是在这本《百诗篇》出版（1555 年）后约 250 年的事。诺查丹玛斯预知历史的能力着实令人惊叹。但这么点令人吃惊的内容，可还配不上他预言名师的称号。接下来介绍的诗文，是对我们来说还记忆犹新的、《百诗篇》出版后大约三百五十年到四百年后的二十世纪的事件，它连这些都全说中了。接下来是引文：

悠长的乳雨后

兰斯的各处天地碰撞

此地发生了流血冲突

父亲也好儿子也好，都不敢靠近王族

这是第三卷第十八首诗，它暗示的是第一次世界大

1.拿破仑出生于科西嘉岛，该岛当时是热那亚共和国的领土。

战。1914年大战爆发前，欧洲安享了四十年的和平生活，资产阶级将这段时间讴歌为黄金时代，也就是所谓的"美好年代（Belle Époque）"。诗中"悠长的乳雨"，便是指这段繁荣昌盛的时期。兰斯城附近有发生过著名的"马恩河战役"的战场，"天地碰撞"据说是枪林弹雨中，天和地好像合起来一样的诗意表达。此外在这个激烈的战场上谁也不亲近交战国中的王族也是事实。

> 卡斯蒂利亚的佛朗哥离开了议会
> 被欺凌的大使遭排除
> 里维埃家族竭尽全力
> 阻止大漩涡的出现

这是第九卷第十六首诗，它预言的是二十世纪西班牙佛朗哥独裁的经过。1936年，"人民阵线"赢取了大选胜利，佛朗哥受到共和派报复，一时间被调任到了加那利群岛。"排除"（scism）便是此意。"里维埃家"是指出现在佛朗哥前面、构建了西班牙独裁政治基础的米格尔·普里莫·德里维拉一家。"大漩涡"是指在世界上播下革命种子的共产党。像这样解释就会和真实的历史事件完全符合。另外，代表"排除"意思的"scism"，和法西斯

（fascism）的读音差不多，十分奇妙。

被赶到街上的巨大家犬
对奇怪的同盟发怒了
原野上狩完鹿后
狼和熊相互猜忌

这是第五卷第四首诗，它预言的是第二次世界大战中的一段插曲。"巨大家犬"是指英国首相丘吉尔，为了躲避德国的空袭，他曾在伦敦的街上避过难。"奇怪的同盟"是指《苏德互不侵犯条约》。"鹿"是波兰，"狼"是德国，"熊"是俄罗斯。德国和俄罗斯瓜分完波兰后，关系又恶化了。这是前后一致、非常合理的解释。

自由没有恢复
心黑、卑鄙、傲慢的人占取了自由
希特鲁操纵海水时
威尼斯共和国头疼不已

这是第五卷第二十九首诗，这首诗相当费解。但据学者解释它暗示的似乎是希特勒要挟欧洲的情形。"心黑、卑鄙、傲慢的人"当然是指独裁者希特勒,希特鲁虽然写作 Hister,但也可以视作 Hitler(希特勒)的文字转写;"操纵海水"这一句令人想破脑袋也不得要领,其实什么也不是,就是指德国的潜水艇作战;然后"威尼斯共和国"是昔日的海上霸主,所以就是指被大海包围的英国。因为邓尼茨[1] 舰队司令官的 U 型潜艇狼群战术,曾让大英帝国大伤脑筋。

> 饥饿的野兽渡过河
> 大部分阵营都与希特鲁敌对
> 于是日耳曼之子破除一切限制
> 胜者被关进了铁笼里

这是第二卷第二十四首诗,不必多说,它预言的是德国的败北。"野兽"是指输掉战争的悲惨民众。败局已定后,纳粹军队无视战时国际法,"破除一切限制",加强了残杀犹太人的计划。最后同盟国胜利后,逮捕纳粹战犯,经过纽伦堡审判给予了他们严苛的量刑。"铁笼"便是此意。

---

1. 卡尔·邓尼茨(Karl Doenitz,1891—1980),纳粹德国海军元帅。

　　像这样，诺查丹马斯让人目瞪口呆的预言，将第一次
世界大战到第二次世界大战结束，二十世纪众多逸闻的历
史，全都忠实地描绘了出来。当然，这里引用的诗句只是
其中的一小部分。实际上还有更多的四行诗，历史上的各
种局面在其中都有呈现，只是在这里没有一一列举出来的
必要。

　　这里我必须引用的是下面这一段四行诗，这是第二卷
第九十首的作品：

　　匈牙利的支配权突然转换
　　法律比职责还要严酷
　　大都市内怨声载道
　　卡斯托尔和波琉刻斯起了争斗

　　看明白了吗？这预言的是 1956 年为了反对苏联模式
和苏联控制，布达佩斯民众进行武装暴动的事情，也就是
所谓的匈牙利十月事件。虽然在苏联红军的坦克下，武装
暴动被平息了，但该事件给全世界带来了巨大影响。

　　只有诗最后一句的意思弄不清，"卡斯托尔和波琉刻
斯"是希腊神话中双胞胎兄弟的名字。兄弟间的争斗到底

是指什么呢？是说卡达尔和纳吉[1]的对立吗，还是说俄罗斯共产党和匈牙利劳动党的暗中反目呢？不管怎么说，该事件不过是区区数十年前的往事，不知道今后还会有怎样的秘闻浮出水面，很难就这样下定论。

现在一直在讲述的，全都是现在的我们所知晓的过去的事件的预言。但根据一部分学者的意见，诺查丹玛斯的预言远远超过了二十世纪，其目光早投向了更遥远的未来。例如说第三次世界大战、原子弹的滥用和地球环境的恶化等。连叫人感到害怕的地球毁灭的光景，诺查丹玛斯好像也都预言到了。但这全都无法证实，所以并不值得一提。只有一个跟未来有关的预言我想拿来引用，这是第十卷第七十二首四行诗：

一千九百九十九年七月

空中会降下恐怖大王

昂古莱姆的大王复活

此前此后玛尔斯支配了世界

1.纳吉（Nagy Imre）是匈牙利的政治家，曾在 1953 年到 1955 年、1956 年十月事件时出任过国家总理。苏军进入布达佩斯后，纳吉等人前往南斯拉夫大使馆避难，被苏联支持的卡达尔（Kádár János）新政府成立。纳吉一直主张脱离苏联模式的匈牙利国家政府新政策。

　　光是这样，并不能令人明白他在讲什么，总之好像说的是在公历 1999 年 7 月发生了恐怖的大战，炸弹会从天而降。"昂古莱姆的大王"是指"昂古莱姆伯爵的查理"[1]的儿子弗朗索瓦一世？玛尔斯[2]是战神，果然这首诗暗示的是悲惨大战的时代将要来临吗？

　　热衷迷信和占卜的也不光是诺查丹玛斯生活的十六世纪的愚昧民众，连二十世纪的我们，也非常喜爱神秘现象和未解之谜。不然的话，杂志上也不会登出那么多有关占卜的文章，书店里占星术方面的书也不会卖得那么好。

　　像诺查丹玛斯那样的人物，早已将人类的弱点摸得一清二楚，说不定他其实是个老奸巨猾的家伙，在随心所欲地操纵人们。他远远地观望着因为自己所说的话而忽喜忽忧的人们，其实在心中暗暗嘲笑着他们也说不定。他令我想起 "mystification"（故弄玄虚）这个词，诺查丹玛斯正是此道上的老手。靠着哄骗他人，他在危险阴谋和异端迫害的时代巧妙地站稳了脚跟。想以他的生存方式为范本的人，一定不只我一人吧！

---

1. 即"奥尔良的查理"（1459—1496），法国贵族，其子弗朗索瓦后来成为法国国王。
2. 玛尔斯（Mars），罗马神话中司掌国土、战争、农业和春天的神。

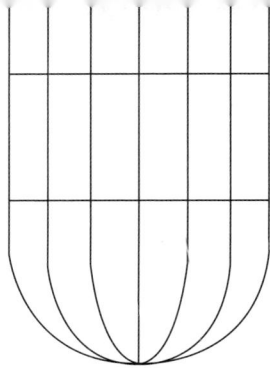

炼金术师卡缪斯特罗

欧洲的十八世纪，实在是非常有趣的时代。既有为法国大革命作出贡献的启蒙思想家们，也有像萨德、卡萨诺瓦那样的色情实践家；既有投机倒把者、吹牛大王、欺诈师那样的男子在宫廷优哉游哉地进出，也有隶属于共济会那样秘密组织的可疑政治运动家在诸国来回游走。革命的大爆炸迫在眉睫，全欧洲宛若压力锅中的食物般翻腾不安。

　　以炼金术师闻名于世、将欧洲上流社会搅得乱七八糟、蒙骗了许多贵族和民众的奇怪人物卡缪斯特罗伯爵，正诞生于这个时代。关于这位男子的名声，接触过他的歌德、卡萨诺瓦都认为他是奇人中的奇人。虽然自称伯爵，但他实际上是意大利人，本名朱塞佩·巴尔萨莫，出生于巴勒莫的底层家庭。他的父亲据说是开店的。但根据他本人所说，母亲家的先祖是贵族，卡缪斯特罗这个奇妙的名字也取自于此。

最初巴尔萨莫进入神学校，做了一名僧侣。在修道院学习了医术和治疗方面的知识，成了教会慈善医院的护士，不过，他却因为某种理由，被修道院开除了。他下定决心要成为画家，开始周游诸国。这可真是够潇洒的。在这段流浪的生活中，他认真钻研了炼金术、占星术、卡巴拉、魔术这样的神秘学问，并锻炼自己作为医生的技术。他靠着贩卖可疑的、被称作"返老还童水"的东西维持生计（这个"返老还童水"，据十九世纪的魔法师伊莱·李维[1]所说，是"一种能令老人立马恢复精神的生命灵药"，是在希腊产的美味葡萄酒中加入某种动物的精液，再配以各种植物的汁液经蒸馏混合制成。李维知道这种药的配方，但他说他要保密）。

他在罗马引诱了一位十五岁的年轻姑娘，最终和她结婚。这位叫洛伦扎的女孩貌美如花又冰雪聪明，丈夫旅行时她一直跟在他的身后，时而作为丈夫实施欺诈的共犯，时而又在丈夫陷入财务问题时靠着出卖自己的年轻色

---

1. 伊莱·李维（Eliphas Levi, 1810—1875），出生于法国的诗人、神秘学思想家。他是欧洲近代魔法复兴的象征人物。他的主要作品有《密教哲学全集》《高等魔法的教义和仪式》。

相解决危机。他们实在是一对非常相配、不好惹的夫妇。

此时，仍在周游诸国的风流才子卡萨诺瓦，于法国南部亚桑蒲坊的旅馆，偶遇了英俊可爱的卡缪斯特罗夫妇。根据卡萨诺瓦著名的《回忆录》中所说，当时的卡缪斯特罗夫妇穿着旅行者的衣服，手上拿着手杖，戴着扁扁的帽子。丈夫二十五岁上下，貌美的妻子好像十八岁都没到。虽然都是一副手头拮据的模样，但两人非常和睦。卡萨诺瓦对两人很感兴趣，不仅招待他们吃晚餐，还进行了若干金钱上的资助。——最后，当事情过去了十多年之后，卡萨诺瓦依然会想起"那就是著名的卡缪斯特罗啊"，怀念地回忆着当时二人年轻的身影。

他们从罗马、马德里、伦敦、布鲁塞尔、巴黎、那不勒斯一直游历到东方国家，甚至连俄罗斯的首都圣彼得堡都转了一圈，这地球上就没有卡缪斯特罗夫妇没去过的地方。两人刚刚还在饱尝丑闻或监狱生活的苦头，转眼又过上了王侯毂奢侈的生活，继而又急转直下落入了要靠乞讨度日的境地。简直像在演绎冒险小说一样，过着波澜壮阔的生活。

但就在那期间，世间对炼金术师卡缪斯特罗的评价越来越高，他的名字笼罩在神秘的光环中，他的超能力和治疗疾病的不可思议的力量正被越来越多的人所相信。事实

卡缪斯特罗

上，他能施展好多类型的奇迹。

据说巴尔萨莫不管是黄金钻石还是珍珠水银都能变得出来，连把麻布变成丝绸这种事情也办得到；他还能用催眠术让小孩睡着，令他们像梦游症患者一样，想让他们说什么就能让他们说什么；他的手轻轻一挥，法国的库尔兰公爵便落上了全身僵硬症；他还治好过斯特罗加诺夫男爵夫人的神经症、法官伊万·伊斯雷尼尔夫的癌症、给叶拉金将军透露过炼金术的秘密。一次，俄罗斯皇后的御医以治不好为由放弃治疗的患者被他一下就治好了。自尊心受损的医生向他提出了决斗，事件演变成骚乱，他离开了俄罗斯。

1777 年，作为英国共济会成员的卡缪斯特罗逐渐成为全欧洲支部乃至组织内部的重要人物。在柏林，他受到了国王腓特烈二世的隆重欢迎，因为这位国王也是组织的成员。众所周知，当时许多参加过法国大革命的进步贵族都属于共济会。最后，在他们于 1785 年抵达巴黎时，卡缪斯特罗夫妇在圣克洛德街的萨维尼馆安家落户，效仿埃及的传统古代仪式，组织起了自己崭新的共济会流派。卡缪斯特罗夫人洛伦扎则创建了女性组织，与丈夫同心协力。

于是巴黎最有名的贵族和贵妇人们，激动不已地涌进了卡缪斯特罗夫妇的宅邸。主人夫妇穿着绚丽夺目的祭司礼服迎接来宾，举行了严肃的仪式，又主持招待客人的晚宴。当时顶级的哲学家和神职人员都来参加晚宴。某晚的宴会上，来宾只有六个人，却准备了十二个人的位子。那些是狄德罗、伏尔泰等明明已经故去的学者们的位子。因为据说卡缪斯特罗连和这些死者们自由交谈的事情也能办到。

而他的人气绝不只限于贵族中。他为了帮助穷人时常于贫民窟间行走，巡回治疗，所以在普通人眼里他的人气也非常高。当他因为错误的嫌疑遭到拘禁终于从巴士底狱获释时，一万巴黎人高举着他，威风凛凛地在市区内游行。翌日，高呼着卡缪斯特罗名字的群众将他家围得水泄不通，最终政府担心发生暴动，命令这位预言家在八日之内离开巴黎。

卡缪斯特罗不可思议的预言中，最著名的是当他住在斯特拉斯堡时，说中身处远方的皇太子降生的事情。妊娠中的玛丽·安托瓦内特皇后在凡尔赛宫的深闺中，所以他绝无可能见到皇后。

详细的经过且听我慢慢道来——妊娠中的皇后频繁做噩梦，担心的皇后派遣自己好友德·拉·莫特伯爵夫人为使者，以祈求怀胎顺利为目的，请求著名的卡缪斯特罗占卜下未来。卡缪斯特罗爽快地答应了。首先，他使年轻纯洁的处女陷入催眠状态，把她带到了桌边。桌上放着装有透明液体的铅玻璃瓶，两侧立着烧得通红的火炬，女孩一直盯着瓶子。卡缪斯特罗说："有看到什么吗？请讲出来吧。"姑娘说她清楚地看到了皇后诞下男孩的光景。这个预言一点儿没错，数周之后，玛丽·安托瓦内特在凡尔赛宫中平安无事地生下了男孩。

　　1785 年，路易王朝的皇威摇摇欲坠，卡缪斯特罗也不幸卷入了被称为法国大革命序曲的那个"钻石项链事件"[1]。有关这个复杂事件的经过，因为过于烦琐我就略过不提了。而卡缪斯特罗正是因为这个事件才如前文中讲的，被关在了巴士底狱，结果又像英雄般凯旋。但来自宫中的嫉妒、指责和中伤依旧落在了这个来历不明的怪人身上，卡缪斯特罗不得不远走伦敦。但最后伦敦也住不下去了，他只好跑到了瑞士的巴塞尔。看来以"钻石项链事件"为分界线，他的运势开始走下坡路。

　　1789 年，卡缪斯特罗回到了故乡意大利，并在罗马

---

1. 钻石项链事件是指 1785 年在法国发生的一起恶性事件，一个名叫让娜·德瓦卢瓦 - 圣雷米的人策划了一场骗局，此事大大伤害了当时的法国王后玛丽·安托瓦内特的声誉。

安顿下来。在那里等待他的是不幸的命运。一直是他忠实伴侣的妻子洛伦扎背叛了他，向当局进行了揭发，他的身份曝光了。罗马教廷的法庭早已对他的身份抱有怀疑。这位拥有伯爵之名、被民众敬畏、可以在诸国宫廷中自由出入的大名鼎鼎的预言家，事实上竟不过是有欺诈、伪造文书前科的巴勒莫出身的一介平民！卡缪斯特罗遭到逮捕，被软禁在了罗马的圣天使堡。

搜查家中时，发现了他写的东西，这个可疑预言家的危险思想，越发成为板上钉钉的事。他的纸上清楚地写了这样的内容："庇护六世是最后的教皇，路易十六是最后的国王，法国大革命会演变成意料之外的流血事件。"

1791年，异端审判的法庭开庭审判，他因为三条罪状被宣布了死刑。其一，由法国国王告发的他是共济会成员的罪状；其二，发表歪门邪道言论的罪状；其三，违反法律的罪状。还有人猜测他为了毁灭波旁王朝及欧洲的所有王室，参与到了危险的国际性阴谋中。甚至有传言说，他像中世纪的浮士德博士那样和恶魔签订了契约。

革命性的国际阴谋集团，简直像最近的通俗读物一样，肯定有读者会认为这样的说法简直是不知所云吧。事实上，当时在欧洲有很多那样的秘密组织，像以古代传统为荣的玫瑰十字会就是其中之一。

虽然卡缪斯特罗最终获得减刑，被免除了死刑，但还是被判处终身监禁，于 1795 年 8 月 1 日，饿死在了监狱里。根据传言，他临终时非常凄惨，在恐怖的全身痉挛中陷入了狂乱状态，一边激烈地谩骂着教皇一边断了气。但他的弟子们对这种传言予以否认，弟子们主张，他像旧约中的预言家以利亚那样，是乘着喷火的车前往了天国。那年，他五十一岁。

在他死后，人们屡次谈论关于他再次现身的谣言。而在文学作品中，像他这样频频登场的人物也是很难得的。在席勒、歌德、奈瓦尔的作品，加上音乐家施特劳斯的轻歌剧中他都有登场，还有莫里斯·勒布朗[1]的侦探小说《卡缪斯特罗的复仇》中也有他的身影。

---

1. 莫里斯·勒布朗（Maurice Leblanc，1864—1941），"鲁邦三世"原型的"亚森·罗宾"系列的作者。

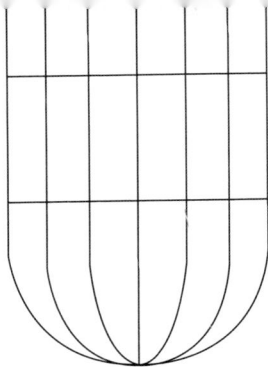

哲学家和魔女

这次让我们转换下目光，将目光投向更遥远的某处吧。

　　说起堤亚纳的阿波罗尼奥斯，是与耶稣同时代（公元一世纪）的新毕达哥拉斯学派的大哲学家。虽叫作哲学家，但当时的哲学家并不发表著作，而是像魔法师一样在各地来回转悠，或是施展各种奇迹，或是进行预言，或是治疗疾病。阿波罗尼奥斯作为魔法师的名声跟耶稣差不多响亮，所以当时的人们就耶稣和阿波罗尼奥斯哪个更了不起的事情，肯定有过热议。

　　虽然不知详细时间，但阿波罗尼奥斯应该是与耶稣在同一时期，出生于卡帕多细亚的一座叫作提亚纳的城市。公元 97 年，在面朝爱琴海的小亚细亚城市以弗所去世。他一生中不光在欧洲、中东、近东各地来回旅行，更有传言说他为了学习婆罗门哲学，连印度也去过。他德高望重，对神秘的学问很有研究，门下聚集了好多弟子。他在他的临终之地以弗所开办了学校，对弟子们进行教育。

为这个怪人书写传记的是罗马帝政时期的学者菲洛斯特拉托斯[1]。有关阿波罗尼奥斯的不可思议的传说，可以说基本上都在他的书中出现过。当然，接下来我要介绍的逸闻，也引用自这位学者的书中。

根据菲洛斯特拉托斯所说，这位古代怪人阿波罗尼奥斯，像十八世纪的神秘主义者斯韦登堡那样，拥有不可思议的透视能力，也就是千里眼。据说斯韦登堡曾在身处伦敦时看见了斯德哥尔摩的大火，而阿波罗尼奥斯在远离罗马约一千五百公里的以弗所，清清楚楚地看见了发生在罗马的皇帝暗杀事件。

当时君临罗马的皇帝是图善密。这位皇帝以残暴出名，最后在其妻的阴谋下，被一位奴隶用短刀刺死。暗杀发生时是中午，同一时间，阿波罗尼奥斯正在以弗所竞技场旁边的庭园中静静地向学生们授课。突然，他中断了讲课，像看见了幻觉一样大声喊道："就是现在，刺向

---

1. 菲洛斯特拉托斯·佛拉维乌斯，古希腊作家、诡辩家。利姆诺斯岛人，通称大菲洛斯特拉托斯或雅典人菲洛斯特拉托斯。曾在雅典与罗马学习和活动。

暴君！"

　　弟子们目瞪口呆，心想老师是突然发疯了不成。但过了一会儿，阿波罗尼奥斯恢复了丧失的理智，望着他的弟子们。"怎么了，以弗所的各位，"他说道，"就在刚才，暴君被杀了。密涅瓦女神[1]也看见了，就在刚才我中断讲课的时候，暴君被刺死了……"后来，知情者跑上来告知了大家皇帝被暗杀的新闻，人们更加吃惊了。无论是时间还是情形，都和阿波罗尼奥斯刚才说的内容一模一样。

　　出自菲洛斯特拉托斯所写的传记的第二个逸闻，是有关这个有神秘能力的魔法师让恶魔吃了苦头并使病人痊愈的故事。

　　有位年轻男子因为被恶魔附身，被众人带到阿波罗尼奥斯身边，拜托他将藏在病人体内的恶魔给赶出去。"好啊，那就来试试看催眠疗法吧！"阿波罗尼奥斯说道。不一会儿他就让该男子昏睡过去，之后一直盯着病人的脸不放。被魔法师一直盯着，病人体内的恶魔也不好意思了："对不起啊，阿波罗尼奥斯大人。"恶魔弱声哀求说，"我

---

1. 密涅瓦是罗马神话中十二主神之一。司掌智慧、战争、月亮和记忆，也是手工业者、学生、艺术家的保护神。

这就从里面出来，无论如何请放过我。"阿波罗尼奥斯用老师训斥恶作剧的学生一样的口吻说："真的吗？真的话就给我看看证据。"

恶魔答道："作为出来的证据，我就钻到那边走廊上倒下来的石像里去吧。"说着，就在大家眼前，石像开始摇晃起来，最后发出了很大的震动声，咕咚一下倒了下来。同时，一直昏睡的病人突然醒了过来，揉了揉眼睛，莫名其妙地瞧着周围的人。不知何时，他体内的恶魔已经跑了出去，病人重获健康。

说句闲话，欧洲中世纪留下了大量关于恶魔潜伏在人体内的故事。就连有名的教皇格里高利一世，也都留下过关于被恶魔附身的修道女的奇妙记录。

某个时候，修女吃下从修道院的菜园里采摘的莴苣后，发现肚子里钻进了恶魔，感到非常担心。最终在修道院里引起了骚乱，叫来了驱邪的祈祷师。祈祷师对着肚子里的恶魔斥道："快点出来。"恶魔却说："别开玩笑了，谁会喜欢待在这种黑咕隆咚的地方啊，我难得心情好在叶子上睡了个午觉，是这个姑娘摘掉叶子把我吃下去的好吗？"恶魔非常窝火。最后，它自己钻了出来。这个故事简直像笑话一样。

接下来，是关于阿波罗尼奥斯的第三个逸闻，是这位魔法师看穿恐怖女怪的真面目，拯救了弟子性命的故事。

阿波罗尼奥斯的众多弟子中，有一位叫梅尼普斯的二十五岁美青年。虽出身贫寒，但脑袋非常好使，阿波罗尼奥斯喜爱他，时常带着他一道去旅行。某一天，这位梅尼普斯向老师讲了这样的话：

"老师，今天有件事要拜托你，虽然一直瞒着老师没说，但前几日我在圣奇雷街上无所事事地闲逛时，偶遇了一位佳人。然后她说她暗恋我，她在科林斯的郊外一个人住着。她是出生在腓尼基的外国妇人，有很多钱，又是美人，还爱着我，我便被打动了。我说，我如她所见，是个除了件哲学家外套之外一无所有的贫穷书生，肯定和她的身份不般配，可她既然愿意和我结婚，我也觉得非她不可。之后她许下了和我的婚约，所以我来请老师务必出席，做我们婚宴的主要来宾……"

阿波罗尼奥斯默默听着，心想，他一点也不像平常一样冷静理智，样子还有点奇怪。他产生了一种预感：这个年轻弟子身上正有什么巨大危机正在逼近。于是，平常不习惯去人多的聚会的哲学家，接受邀请参加了婚宴。婚宴的会场，是那位有钱外国妇人的家。

阿波罗尼奥斯到达会场时，宴会的准备工作已经做好了，美味佳肴和葡萄酒一排排地摆在餐桌上，金银制的盘

子在桌上正闪着光。这位哲学家请求把新娘介绍给他，然
后便用锐利的眼神在新娘身上上上下下地打量了一番。之
后，他慢悠悠地询问旁边的梅尼普斯："这般讲究的金银
器皿和室内装饰，到底谁是它们的主人呀？"梅尼普斯笑
着回答："当然全是她的东西，无论怎么说我的财产也只
有件外套而已。"

　　之后，哲学家以毅然的语调作了下面这番断言："这
些盘子也好装饰品也好全都不是真的，都是些假货而已。
你美丽高贵的新娘实际上也不是人类，而是吸食人血的吸
血魔女。这样的女人还是在阿芙洛狄忒节上作为祭品杀了
为好。"

　　听到这些后，那位妇人的脸色为之一变，做出一副
若无其事的表情，一边假笑着一边讲了下面这番讽刺话：
"被称为哲学家的先生，总爱做些不吉的预言，吓唬吓唬
民众，夺走老实人们的快乐，他们似乎就以此为乐呢！我
没有邀请的客人要是能快些出去就好了。"

　　而此时，阿波罗尼奥斯正将桌上的银杯子拿在手里，
掂着它的重量。令人感到不可思议的是，这杯子像羽毛一
样轻。哲学家把它扔出去，杯子嘶的一下像烟一样消失
了。如此这般，其他的碟碗、装饰品被他的手触碰过后，
也一个个地全消失了。厨师和侍者被阿波罗尼奥斯唱了咒

文后，也都化作了一团团灰烬。最后整个房子都倒了下来，化为了一片废墟。

被看穿真面目的吸血魔女苦苦哀求道："阿波罗尼奥斯大人，已经够了，别再继续羞辱我了。"她不情不愿地吐露了实情。原来她是打算将年轻美貌的梅尼普斯养好后再吃掉。阿波罗尼奥斯在千钧一发之际，拯救了弟子的性命。

有种说法是，这位骗了梅尼普斯的吸血魔女是自古流传的叫作拉弥亚的女怪。传说的主要内容是：她会在夜间不停地吸食色萨利地区村民的血。虽然看上去像模像样，但如果近看的话，就能发现她们其实并非人类。为了诱惑男人们，她们多化作美丽的淫妇。如果认为拉弥亚是吸血鬼德古拉的祖先，应该也不会有错。

但在希腊神话中，拉弥亚原本是弗里吉亚的女王，是被宙斯青睐过的美女。但自从失去了孩子后，因为嫉妒世上的所有母亲，她最终将她们的孩子一个个捉过来吃掉了，是一个干下了可怕勾当的女怪。传说，拉弥亚不是只在希腊才有，而是广泛分布在全世界。

连在日本都有叫作"Ubume""阴摩罗鬼"[1]的妖怪种

---

1. 阴摩罗鬼是日本传说中的一种怪鸟，是埋进坟墓后没有受到充足的供养的死者灵魂变成的怪物。

类。它们都是由尸气幻化成鸟的妖怪。而拉弥亚也多次以鸟的形态出场，所以，在这样的地方可以发现欧洲和东亚传说的共通性。

　　Ubume 汉字可以写作姑获鸟、产妇鸟、产女等。是妊娠时死掉的女人化作的鸟形妖怪。它们像拉弥亚那样，在夜间飞来飞去捉小孩，然后吃掉他们。《百物语评判》中说："它的样子，从腰以下都染着血，发出'雷鸟雷鸟'的声音。"不过，西洋的拉弥亚有化作淫妇诱惑男子的情况，但 Ubume 好像没有。

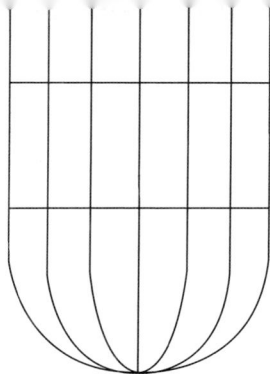

放浪医生帕拉塞尔苏斯

十五世纪至十六世纪，欧洲北部的德国和佛兰德地区频频发生农民起义和宗教战争。这是新旧势力交替的时期，在这动乱的时代，出现了马丁·路德这样斗志满满的宗教改革家。

　　接下来谈到的"放浪医生"帕拉塞尔苏斯也是在该时代——十五世纪末期出生的。他有"医学界的马丁·路德"的称号。性格强硬得可怕，作为当时最具革命性的学者，被保守派的医生和哲学家视为对手，是一位一生饱受争议的男子。像他这般臭名远扬、传说不断的男子实在少见，但正如同歌德在死后才被后世的文学者们抱有莫大的尊敬一样，现在，他也被证明是一位非常伟大的学者。

　　帕拉塞尔苏斯有一个相当长的本名，叫作菲利普斯·奥里欧勒斯·泰奥弗拉斯托斯·博姆巴斯茨·冯·霍恩海姆。而这个"帕拉塞尔苏斯"的通称，是他自己把德语中的"霍恩海姆"（"出身高贵"的意思）拉丁语化后创造的词。另外，帕拉塞尔苏斯的父亲是以深受敬仰的古希腊矿物学家"泰奥弗拉斯托斯"的名字为儿子起名的。这位父亲也是个非常有名的医生。

　　虽然母亲早亡，但帕拉塞尔苏斯从小就在优渥的环境中生活，受到父亲的精心教育，到了青年期他已是一位满腹学识的医生。他虽然只是出生在瑞士山中的一座小城，但他在由自己父亲授课、大商人富格尔家族[1]创立的矿山学校中，认真进行了矿物学实验和冶金学理论的学习。不仅如此，他还师从过当时鼎鼎有名的法师——施蓬海姆修道院院长特里特米乌斯[2]，也曾学过关于魔法的理论。所以不单单是医学，他在占星术、神秘哲学和炼金术领域也有涉猎，堪称是一位无与伦比的学者。

　　但帕拉塞尔苏斯性格火暴、傲慢不逊，不光到处树敌，还有爱说大话的习惯，总吹一些让人分不清真假的牛皮，简直像夸大妄想狂一样，所以他也有被人视作骗子的时候。于是他名字之一的"博姆巴斯茨"，到了后世就有

---

1. 富格尔家族，15—17世纪德意志富豪家族。
2. 特里特米乌斯（Trithemius，1462—1516），修道士、神秘主义学者、魔法师、密码学者。他的主要著作是密码学、隐写术和黑魔法题材的《隐写术》。

了"夸大妄想狂"的意思。

接下来，我就为你们介绍一两个有关帕拉塞尔苏斯的传说吧。

首先是关于他那把从不离身的剑的传说。他的肖像画上一定画有他握剑的样子，这把剑的剑柄上刻有"Azoth"的字样，人们相信里面封印着一个恶魔，剑的护手上还装有象牙的容器，里面藏有少量的"贤者之石"——也就是鸦片酊。他会给自己看不顺眼的人送去恶魔，给自己的朋友奉上医学上的万能药"贤者之石"。

帕拉塞尔苏斯是医学史上首位成功采用水银、锑、锌这些金属进行治疗的人，而大众正是对这些不可思议的金属的功能深感畏惧，所以才产生了这样的传说吧。作为据说能随意操纵恶鬼的人物，敌人们也十分畏惧他。

也曾有过这样的逸闻——在他游历到德国的因斯布鲁克附近时，某位贫农的儿子生了病，帕拉塞尔苏斯为他进行了医治。贫农十分高兴，于是说："虽然我这里没什么好东西招待您，医生，就请吃些炸土豆吧。"于是，医生便在简陋的餐桌上接受了款待。这暖到心里的招待令帕拉塞尔苏斯大为感动，于是取来放在农民的暖炉上的拨火棍，然后从自己剑上护手的容器中拿出黄色软膏涂在这根拨火棍上，不一会儿，这根生锈的拨火棍就变成了金子。"就把这个拿去金银首饰店吧，会卖个好价钱的哟。"说完这些，帕拉塞尔苏斯便从农家飘然离去。

围绕这个奇妙的放浪医生的第二个传说是关于他可能不举的说法。帕拉塞尔苏斯一生中有个值得注意的异常之处，那就是完全找不到他和女性有关系的痕迹。由此，他医学上的对手和敌人们就称他是被去势的男人、男同性恋等，对他进行人身攻击。有种说法是，他的男根在他小时候被猪咬掉了，从此以后他就成了完全的性无能者。但这个说法也太不着边际了。猪吃掉人阴茎的事情根本就没听说过。

闲话少提，事实上，帕拉塞尔苏斯从小时候开始就有佝偻症的倾向，体质极差。因为天生体质虚弱，所以他才放弃了肉体上的快乐，专心于掌握知识和学问，试图扭转他的劣势吧。他还是个酒鬼，可以说天天晚上都要浸泡在酒馆里。帕拉塞尔苏斯性情乖僻，却敢正面向权威发起挑战，可以说不愧是个别扭的男人了。

他成为巴塞尔大学的教授，估计是在他三十岁左右的时候。他打破自古以来的惯例，采用德语进行授课。中世纪以来，学院的教授全都身裹肥大的长袍，头上戴着红帽子，手上套着金戒指，用拉丁语进行授课，这已经是约定俗成的事情。而帕拉塞尔苏斯却以身着被药品弄脏的灰工

帕拉塞尔苏斯

作服、头戴朴素的黑贝雷帽的形象在学生们面前登场。这瞬间就成了一场丑闻，他开始遭受指责和攻击。

但帕拉塞尔苏斯与城中保守派的医生和大学当局展开了勇敢的斗争。他将敌视他的医生们称为伪善者，主张自己才是被神认可的医学界王者，十分有自信。最后，他还煽动学生们在夏至节[1]那天，将当时医学的最高权威书——伊本·西那的《医典》，投进火中焚烧。有点像今天的学生运动，莽撞的帕拉塞尔苏斯作为学生运动的先驱，向大学当局挑起了斗争。

结果，由于他过激的思想和行为，巴塞尔市的保守学者们容不下他，他于翌年开始了逃亡一样的诸国游历之旅。如前文中讲的，当时是农民起义和宗教战争的时代，他精力十足地行走于动乱的欧洲各处，所到之处对病人们治疗，足迹遍布德国、意大利、法国、荷兰、葡萄牙、英国、瑞典、波兰，甚至一直延伸到了亚洲。民间流传着不少像是在黑海沿岸的大草原被鞑靼人捉住带去了莫斯科、在土耳其的宫廷接受手术成了宦官等冒险小说一样的传闻。而他本人却炫耀道："别人说什么都行，反正我是不记得自己去过亚洲或是非洲。"

1.夏至节有燃烧篝火的习惯。

　　他简直可以说是旅行方面的天才人物，在同一个城市绝不会停留超过三四个月，行事十分机灵。他被天主教徒和保守势力恨之入骨，周围到处是敌人，却能在欧洲的贵族和大商人家里来回转悠，无论走到哪儿都能受到礼遇，这实在是不可思议。不用说，就是因为他的医术高超，使他成为这个世间不可或缺的存在吧。不过，与此同时，人们心中也产生了帕拉塞尔苏斯是不是哪家秘密组织的成员这样的疑问。

　　在中世纪，以相互扶持的精神为出发点的手工业行会在欧洲各处遍地开花。其中被称为"共济会"的建筑师和石匠的行会在八世纪前就已存在。国王和教皇对其赋予了各种特权。另外还有被称为"玫瑰十字会"的以宗教革命为目标的国际性秘密组织，异端的法师和炼金术师们在其中暗中活动。若是属于这样的组织，无论走到哪儿，只要出示暗号和徽章就能不愁吃住。

　　有种说法是，帕拉塞尔苏斯是"玫瑰十字会"藏于暗中的大人物。他在当时社会怀有不满的激进知识分子贵族、大商人之间有着巨大影响力，一流的学者和艺术家也在他的面前俯首帖耳。比如巴塞尔著名的出版人、瑞士文艺复兴的推进者约翰·弗罗本，名声显赫的当代大学者伊拉斯谟，无论哪个都在帕拉塞尔苏斯治好他们的病后变得对他忠心耿耿。

实际上，据说帕拉塞尔苏斯在《预测之书》的小册子中，预言了天主教会的衰落和法国大革命的事情。从这里就可以基本上推测出他也是拥有革命思想的人。

想要对一生中写下大量文章的帕拉塞尔苏斯的学问和思想的体系一言以概之是不可能的。硬要说的话，可以将其看作一种神秘性贡的自然哲学。其中既混杂着占星术和炼金术，也充斥着大宇宙小宇宙的理论。当时的医学主要还是依靠药草，而他引入了化学疗法，从这个意义上讲，他在医学上是一位先驱者。他也有像《子宫论》这样的著作，详细论述了男性的精液在密封的蒸馏器中是如何制造"何蒙库鲁兹（一种小人）"的方法，人们认为后来歌德在写《浮士德》时借鉴过这种"小人的制造法"。

1541 年，帕拉塞尔苏斯在萨尔茨堡死去，年仅四十八岁。围绕他的死亡流传过各种传闻。其中一个说法是他在酒馆和人吵架然后被杀了。

还有说法是萨尔茨堡的医生团体嫉妒他的名声，雇佣流氓将喝醉酒的他殴打致死，还有他是被人从高处推落致死的说法。毕竟，他爱喝酒的事情实在太有名了。十九世纪初，冯·索默林[1]在当局的允许下挖出了他的遗骸，对其头盖骨进行调查后，在后脑勺上发现了外伤，可以说这个事实清楚地证实了传闻。不过，后来卡尔·阿贝勒（Karl Aberle）医生在经过四次的重复调查以后，作出了结论：后脑勺上的伤其实是佝偻症造成的。

　　但也有对这个结论表示疑问的人。如果是佝偻症造成了后脑勺上的伤，说明症状已经明显到能在体外看出来的地步，那么，胸膛、四肢上应该也会有明显的变形才对啊？这么说来似乎也有道理。

　　无论如何，连去世都留下谜团，不愧是非常奇怪的人物了。

---

1. 冯·索默林（Samuel Thomas von Sömmerring，1755—1830），是德国医生、解剖学家、人类学家、古生物学家和发明家。他对大脑和神经系统、感觉器官、胚胎及其畸形、肺部结构等的研究使他成为德国最重要的解剖学家之一。

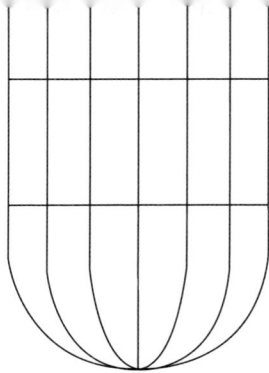

不死人圣日耳曼伯爵

十八世纪的欧洲，出现了很多诈骗师，他们讲着大话到处诓骗世人，神秘又不可思议。其中，以下三人最为有名：一是编造出"动物磁气催眠疗法"治疗术的奥地利江湖玉生梅斯梅尔，二是已经在这本《怪奇人物博物馆》中介绍过的炼金术师卡缪斯特罗，三就是接下来我要谈论的"不死人"圣日耳曼伯爵。

虽然有伯爵这样的称号，但有关这个男人的真名、出生时间和地点以及身世背景，从来没有一个人知道。有人说他是在匈牙利出生的，也有人说他是西班牙皇后和犹太人的私生子，但这些传言都没有任何证据。总之，他从某个时候开始出入法国国王路易十五的宫殿，博取了蓬巴杜夫人的信任，紧接着他作为魔法师的声誉就越来越高了。

用他自己的话来说，他从两千年以前一直活到了现在，因为拥有能够恢复年轻的灵药，所以能永葆青春，是怎么也死不掉的。事实上他确实看上去一直是大概四十岁的样子，头发也很黑，嘴边挂着温和的微笑，打扮得也很得体，身上装饰着一堆高价的宝石。只是看上去有点不起眼而已。

他的知识丰富到令人吃惊，希腊语、拉丁语、梵语、阿拉伯语、汉语、德语、英语、意大利语、葡萄牙语、西班牙语他都能讲得非常流利，有关欧洲宫廷历史的事情他也无所不晓，擅长言辞，富有吸引人的魅力，在贵妇人之中也非常有人气。他关于化学、炼金术的知识无人能比，因为自己便可以造出黄金、长生不老药，所以他的钱多到花不完。

除此之外，圣日耳曼伯爵在各种艺术方面的造诣都非常深。他弹奏大键琴和钢琴的技术能让当时的大音乐家拉莫[1] 瞠目结舌。绘画的才能也一流，据说画家拉·图尔[2] 和凡·路[3] 曾向他请教他所使用的独特色彩的秘密，虽然语气谦卑地请求他，但最终他还是不肯透露。另外，他还是

---

1. 拉莫（Jean-Philippe Rameau，1683—1764），法国著名的作曲家，管风琴家，音乐理论家。他发表的和声学教程奠定了近代和声学理论的基础。
2. 乔治·德·拉·图尔（Georges de La Tour，1593—1652），法国画家，以宗教画和风俗画而闻名。
3. 卡勒·凡·路（Carl Van Loo，1705—1765），法国画家，曾是路易十五的首席宫廷画师。

著名的委拉斯开兹画作的收藏家。

那位有名的风流才子卡萨诺瓦在遇到圣日耳曼伯爵后，想招待他吃晚饭，但伯爵说："虽然机会难得，但我根本就不吃饭，只吃药丸和野燕麦。"因此拒绝了卡萨诺瓦的邀请。确实，从来没有人看过他吃饭。

据说伯爵还知道消除钻石上的瑕疵的方法。据说他消除了路易十五收藏的钻石上的一个小瑕疵后，令路易十五喜出望外。不用说，除了他之外，还真没听说过有人能行使这种不可思议的技术。

为伯爵起"死不掉的男人"诨名的是普鲁士的腓特烈二世。毕竟伯爵从两千年前一直活到了现在，据说他甚至和圣经中登场的示巴女王都有过亲密的谈笑，耶稣实施将水变酒的奇迹和伽拿婚礼的时候他都在场，那位尼布甲尼撒二世建造的壮丽的巴比伦城他也去旅游过好几次。因为他有过这样离奇的经历，所以凡尔赛宫中的贵族和贵妇人们都被他迷住了。

有一次，伯爵出席聚会，谈到罗马恺撒时代事情的时候，扬扬得意地说着，简直像自己亲眼见过一样。某位好事的男客便问了问伯爵的仆人："你家主人说的事情是真的吗？"仆人回答道："请原谅我，各位，我侍奉伯爵大人才不过区区三百年而已。"——主人是那副德行，仆人

圣日耳曼伯爵

自然也是。

相似的逸闻还有——某位深表怀疑的男人对伯爵的执事说道："你家的主人是个骗子吧。"之后，执事以一副淡然的表情回应道："关于这一点在下也有所怀疑。伯爵大人无论对谁都说自己活了有四千年，但我侍奉伯爵大人不过一百年。当我进这家里时，我记得没错的话，伯爵大人说的好像是自己活了三千年。所以伯爵大人是给自己多数了九百岁？还是说谎了？总而言之，我也不是很清楚呢。"

法国国王路易十五十分中意圣日耳曼伯爵，赐予了他在尚博尔居住的许可，稍后又给了他能在国王的私人房间自由出入的特权。这样破格的待遇，让这位来历不明的外国伯爵能像大贵族一样在法国悠然自得地生活。

因为这样，产生了伯爵是带着外交上的秘密使命、从欧洲中央大陆潜入法国宫殿的密使的传言。事实上也没错，他确实是当时的秘密组织"玫瑰十字会"的成员。说起"玫瑰十字会"，这是一个当时的革新性秘密团体，他们基于宗教理想，为了一统全欧、达成一种世界联邦，而悄悄把密使输入各国宫廷。据说普鲁士的腓特烈二世也对这个团体抱有好感，给圣日耳曼伯爵提供了莫大的资金支持，支援他在法国的活动。

伯爵经常离开法国到东方去旅行。这大概是为了向在柏林的腓特烈二世进行报告，或是为了和在维也纳的"玫瑰十字会"本部取得联络。

路易十五有时会就某个问题，不和大臣们商量而自己处理，身为外交大臣的舒瓦瑟尔对国王的这种做法常常不痛快。国王开始搞起了炼金术的实验，不止如此，他还不许任何人进入实验室，却屡次在这个实验室和圣日耳曼伯爵商谈着什么事。舒瓦瑟尔听说后，便对伯爵的行动产生了警惕。

不久之后，突然传来伯爵在荷兰现身的新闻。他通过荷兰政府进行了英法两国的和平交涉。在法国外交大臣浑然不觉的情况下，圣日耳曼伯爵竟然擅自做了秘密的和平交涉。是国王的命令，还是他凭着自己的想法去做的呢？这就不清楚了。舒瓦瑟尔对此大为光火，恨不得立马就逮捕伯爵。此时国王伸出了援助之手，圣日耳曼被免除了逮捕。——仔细想想的话，这也够奇怪的——国王和外交大臣，竟然抱着完全相反的目的，下达了相反的命令。

那之后，人们传说圣日耳曼伯爵作为路易十五的密使去了德国和俄罗斯。他刚到俄罗斯不久，俄罗斯皇帝就改变了之前一直实行的亲法政策，转而和普鲁士结盟。普鲁士和法国原本就是利益冲突的关系。和法国国王、普鲁士国王都要好的圣日耳曼伯爵到底是在策划些什么呢？

　　看来为了达成"玫瑰十字会"的理想，他采取了些在局外人看来谜一般的复杂行动。在离开法国前，就某件真相成谜的犯罪事件，他受到了路易十五的质问，因为到处都有传言说，这起犯罪事件的真相只有伯爵一个人知道。当时的伯爵是这样回答的："如果陛下加入'玫瑰十字会'的话，我们再坐下来慢慢谈谈吧。"

　　尽管那样，路易十五也没同意成为"玫瑰十字会"的成员。如果那时法国国王接受了圣日耳曼的提案的话，或许就能避免法国王室在革命中被颠覆的事情。"玫瑰十字会"决不期望革命的发生，他们制定的仅仅是对抗教皇、确立德国的宗教领导权，能让诸王室和平共存的计划而已。

　　传言伯爵对路易十六也不时热心地布教，邀他加入"玫瑰十字会"。但路易十六始终没有加入。后来，伯爵感觉到了身边的危险，逃去了德国，在炼金术爱好者黑森·卡塞尔伯爵的宅邸落脚，据说他也在那里死去。

　　但伯爵毕竟是"不死之人"，虽然大家都认为他已经死了，但也有很多报道说有人又看见了他。1790年，断头台一个个斩下贵族们的脑袋时，有传闻说他在革命广场上现身，1815年，拿破仑没落的时候，也有传闻说拿破仑曾经和他见面。

对法国大革命的发生他也心里有数。巴士底陷落后，他在给玛丽·安托瓦内特的信中写了这样的话："现在是必须竭尽全力去对抗的时候，已经不是实施策略的时期了。别再去想和不爱戴你的民众团结协作了，不该再给背叛者们任何机会。请放弃波利内公爵夫人和她那样的人吧，他们全都注定会死去，杀害巴士底狱卒的暴徒们之手，迟早也会沾上他们的血。"

圣日耳曼伯爵在消失前，最后留给两位友人的话像谜语一般不可思议。

"我不得不和你们诀别。大概还会再相见的吧。首先我要到君士坦丁堡，去见我必须见的人们。接下来我会去英国，必须为下个世纪做好两个发明的准备，就是汽车和汽船。季节也会一点点地发生变化吧，首先是春天来了，然后是夏天。我对此看得很明白，天文学家也好气象学家也好，他们什么也搞不清楚。相信我的话吧。你们有必要像我一样，对金字塔进行研究。本世纪结束后，我会离开欧洲，打算到喜马拉雅去，想稍微休息一下。八十五年后的今天，我们应该还会再见面的。那，就要和你们说再见了……"

据说，在他讲完这最后的话后，天空突然开始阴云密布，响起了轰隆隆的雷声。正当两位友人吃惊地大眼瞪小眼时，伯爵的身影忽的一下看不见了。

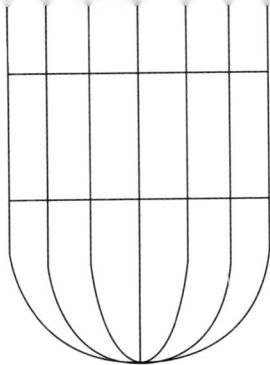

食人魔们

食人现象被称为 Anthropophagy 又或者 Cannibalism，这种从古代开始就为人所知的恐怖欲望有着各种各样的动机。例如在进行宗教、咒术上的仪式时，信徒有杀掉自己的孩子吃肉饮血的习俗，民间也有肺结核、麻风病人吃了人肉就能痊愈的迷信。另外还有未开化民族认为，在进行战争和复仇时，杀死敌人吃了对方，对手的强大力量就能被身体摄取然后变成自己的东西。

但我在这里将要介绍的并非这些类型的食人，而是基于情色动机的不受控制的食人现象，是病理学范畴的食人魔们。

到底为什么会想吃人肉呢？用虐待狂的冲动来解释的话虽然简单，但心理学上对虐待狂这种问题也还没有很充分的解释。不过，想吃人肉的原因之一是性倒错倒是十分清楚。我读过犯罪史上著名的凡采尼[1]、约翰·黑格[2]的自白,似乎对他们来说,咬下乳房和饮流出来的血,比性行为本身更能激发他们持久剧烈的性快感。

十九世纪中期发生的文森特·凡采尼事件,在克拉夫特·埃宾[3]的《性心理病态》中有过详细记录。一位叫作凡采尼的二十二岁意大利青年绞杀了六名女性,咬下她们的阴部和腿肚子,然后饮血吃肉。由于在掐女人的脖子时就能强烈地勃起和射精,很多时候他光是掐脖子就能满足了,所以不会杀了对方而会放她们走,只有偶尔在射不出来的时候才会掐死对方。

被发现的尸体都是全裸状,手脚俱断,被开膛破肚,内脏都掏了出来。而且腿肚子的一部分和阴部必定会消失不见,据说是犯人把它们带回家烧着吃了。凡采尼并没有接触被杀掉的女人们的性器官,也没有过强奸行为。

根据加尼耶教授的报告,某位二十一岁的法国日薪劳动者欧仁的故事更为离奇。1891 年,巴黎的某位巡警被公园长椅上坐着的一位年轻男子吓了一跳,当时这位男子

1. 文森特·凡采尼(Vincenzo Verzeni, 1849—1918),意大利连环杀手,被审判时坦言杀人和饮血会让自己感觉兴奋,被称为"贝加莫的吸血鬼"。
2. 约翰·黑格(John George Haigh, 1909—1949),英国连环杀手,因为在杀人后会用大量硫酸处理尸体,俗称"酸浴杀手"。
3. 理查德·克拉夫特-埃宾(Richard Freiherr von Krafft-Ebing, 1840—1902),奥地利精神病学家,性学研究创始人,早期性病理心理学家。

正用剪子把自己左腕上的肉剪下来。

巡警盘问后，得知原来这位青年从十三岁还是个孩子的时候开始，就被一种官能的妄想萦绕住了。看到皮肤白皙的年轻姑娘后，无论如何都想咬下那位姑娘的一块肉尝尝，想到欲罢不能的地步。但用牙齿品尝姑娘的肉的机会是相当难得的。于是他买来大剪子，在街上转来转去地物色对象，都没有找到机会。没办法，他只好把自己手腕上最柔嫩白皙的部位用剪子切下来，一边吃一边想象着这是姑娘的肉。

象这种近似于低能儿或是狂人的食人魔的例子，在过去的历史中也不胜枚举。在扎波罗夫斯基的报告中，有一则精神错乱的男子杀掉了老妇人，将之和马铃薯一起煮了吃的故事。1962 年 6 月 5 日的《维也纳新闻》上刊登了这样一则奇怪的报道：土耳其伊斯坦布尔的警察逮捕了一位在煤气炉上咕噜咕噜地煮女人的胳膊和脚的男子。根据这个男子的自白："这是和我分手的妻子呀……"这个男人已经疯了。

女性色情狂中似乎也有时常难以忍受食人欲望的人。据说十六世纪的米兰，曾有过某位孕妇杀掉邻家面包店的主人并用盐蘸着将其吃掉的事情。这是 1617 年汉堡发行的某本医学书上记述的真人真事。

　　萨德侯爵的小说《邪恶的喜乐》中，记述过居住在亚平宁山脉的叫作闵斯基的食人魔的逸闻。而根据柏林的性学家伊万·布洛赫（Iwan Bloch）博士的考证，这位闵斯基似乎真的存在，原型就是居住在比利牛斯山的名叫布莱兹·费拉热（Blaise Ferrage）的山贼，据说他曾将街上的少男少女掳走吃他们的肉。

　　萨德小说中的可怕食人魔闵斯基有过下面的这番演讲，不知道现实中的那位原型是不是也有这般超凡的能力：

　　"老夫今年四十五岁，提起老夫的淫欲，晚上不下十次是绝对睡不着的。老夫每天吃的大量人肉，毫无疑问对精液的产生和浓度大有裨益。如果有谁想尝试一下的话，请一定试试看这种饮食疗法，令男人的能力一下子提升三倍也不在话下。另外若有其他的疾病，这样优良的补品也一定能使人恢复精力、健康和光泽吧。关于老夫有多喜欢吃这种人肉，不必多说。事实是，我吃过一次人肉后，其他东西就都吃不下了。兽肉也好鱼肉也好，能与人肉比肩的肉一种也没有。开始的时候可能会有点讨厌，但克服以后绝对会吃到停不下嘴的。"

　　如果要举小说中的例子的话，更没完没了了。我脑海中浮现出描写过食人魔的著名外国文学作品就有福楼拜的《萨朗波》、伏尔泰的《赣第德》、史丹利·艾林的《本店招牌菜》、田纳西·威廉斯的《夏日痴魂》。日本小说的话，有上田秋成的《青头巾》和江户川乱步的《在黑暗中蠕动》等。不得不承认，文学作品中有着强大的虐尸癖（虐待尸体症）系谱。

前面说的意大利人凡采尼只杀女人吃，而只杀年轻男子吃的就不得不提犯罪史上赫赫有名的德国屠夫——弗里茨·哈尔曼（Fritz Haarmann）。该人有"汉诺威的吸血鬼"的称号。这位弗里茨·哈尔曼，照我所想，恐怕是古今中外的食人魔里"冠军"一样的人物吧。

哈尔曼是同性恋和裸露癖者，还是个夸大妄想狂。曾经干过警察间谍的工作。那是1918年的德国，作为第一次世界大战不久后的混乱时期，街上到处都是卖春妇和流浪儿。哈尔曼就在这些流浪儿中挑选长得好看的少年，将他们带到家中，进行同性恋行为。之后便勒死少年，用切肉刀肢解他们的尸体，并作为"今早刚处理的小牛肉"挂在店门口，有时还做成香肠或做成肉排出售给客人。

当然他自己也吃。首先从喉咙咬起，直到身体和头部分离，他就这样一直吃人肉。这样他能感到一种强烈的性兴奋。

1918 年到 1924 年，他竟在六年间一直神不知鬼不觉地一个接一个地杀害少年们并出售他们的肉，实在令人吃惊。审判中，总共列举了二十八名牺牲者的名字。哈尔曼本人却对此大为不满，据说他在被宣布死刑走上断头台前，嘴里都一直嘀咕着"我光记得的就有四十八个"。

喜欢哈尔曼的人也有，这个相好是位叫作汉斯·格兰斯的年轻男妓。他是哈尔曼的"妻子"，总是一起同床共枕。作为"妻子"，诱拐少年和杀害他们的工作，他也被使唤着参与了进去。幸好他们志趣相合，不然的话，这位"妻子"恐怕也会被做成香肠吧。

因为哈尔曼是屠夫，擅长剁肉，所以，无论是衣服和围裙沾满血，还是将一两根骨头摆在店里，都不会引起注意。虽然有着这样的便利之处，但哈尔曼也有过好几次差点儿露馅的经历。像有一次，来买肉的两位卖春妇发现卖肉的台子下有一大块显眼的肉，样子非常恶心，于是报告了该片区的警察。那块肉的皮上生着细细的毛，看上去像人的屁股，光是想想就感到十分恶心。但警察却说"这是猪吧"，笑着没有理睬。

汉诺威是一座到处是河和运河的城市。1924 年 5 月，在河里戏水的孩子们在泥床里发现了少年的头盖骨模样的东西。过了几周，又发现了一颗，之后又发现了第三颗。与此同时发生了少年连续失踪的案件，这才有人怀疑到了哈尔曼头上。从柏林派来的能干刑警以美少年为诱饵，暗中监视，果然哈尔曼把美少年带回了自己家。随后刑警以强制猥亵的嫌疑，闯进了哈尔曼家中，在房间里调查后搜出了大量少年的上衣和裤子。

此时，"汉诺威吸血鬼"的传言已极为轰动。审判开始后，骚动的旁听人蜂拥至法庭。旁听的女人们多了后，哈尔曼的心情好像变得非常不好。证人的供述太过冗长，哈尔曼感到无聊，还问审判长他能不能抽卷烟。——柯林·威尔逊[1]的《杀人百科》中记录了这样的事情。

关于被害者的讯问，警方给他看了无数名少年的照片，但哈尔曼说其中的一些人不是他干的。引用他当时说的话："对这么丑的少年我可没有兴趣。"他大模大样地说："就算是男同性恋者，也有审美意识。"

同性恋和食人是不是有着什么必然联系，我并不是很清楚。但我知道同性恋的两人间，很容易形成 SM 的对立关系。以电影《夏日痴魂》为主要作品的创作者田纳西·威廉斯，其作品全部是以受虐的主人公为主题的。

1.柯林·亨利·威尔逊（Colin Henry Wilson，1931—2013），英国作家、哲学家和小说家，著有大量关于犯罪、神秘主义和超自然现象的作品。

　　根据法国医学家勒内·阿伦迪（René Allendy）博士的说法："无疑，所有的攻击性中都有消化的本能在里面。"也就是说，施虐狂最为原始、最为动物性的阶段，就是以用牙齿咬对方、咀嚼、吞咽、在胃中消化，最终让对方消失这种形式表现的。这在动物和小孩身上能被清楚地发现。那么，抽鞭子、捆绳子，和这个"消化本能"相比的话，一定是更为高级、更为文明的施虐狂阶段吧？

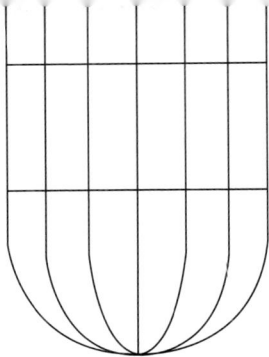

古石器杀人事件

对于犯罪、推理小说、考古学、嬉皮士运动，以及在这个被称为现代的高度发达的消费社会上突发的诸多事件，凡是稍微加以注意就能发觉，这些东西好像都有点儿脱离时代的感觉。我不禁感到，这正象征着名为现代的这一时代其实还有着极为闭塞的一面。你们一定记得，今年（1969 年）1 月 10 日《朝日新闻》晚报上这则博人眼球的新闻标题："被古石器杀害的专攻人类学的女学生"。

接下来，我为第一次听说《朝日新闻》这则报道的人稍微引用一下吧：

"哈佛大学专攻人类学的二十三岁女学生，被发现在公寓中以半裸的样子遭人殴打致死，震惊学界。7 号，警察在调查了她的尸体后，判断凶器是古石器，致命伤是这件凶器在头盖骨上造成的挫伤。据说，犯人在杀害她后，效仿古代波斯的葬礼，在她的脸上、身体上洒上了深红色的粉末。"

被害者叫作简·布里顿（Jane Britton），是哈佛大学姊妹学校、美国最有名的女子大学之一的拉德克利夫女子大学副校长的女儿。她在1967年从拉德克利夫女子大学毕业后，为了专攻东方考古学，又进入了哈佛大学。今年是研究生院的二年级学生。去年夏天，她曾和十位同级生一起参加了伊朗东南部某座古代村落的遗迹考古队，她将来的志愿似乎是人类学家。

哈佛大学是名校中的名校，被害者又是女子大学副校长的女儿，年轻貌美有才华，头脑也十分聪明，再加上其被杀方式如此特殊，该事件在全美引起轰动也不是没有道理的。我看到新闻时，首先的感想就是："哈哈，这太美国了，十分老辣的犯罪。"

布里顿小姐一个人住在大学校园附近、距离地铁和有轨电车车库仅仅一巷之隔的剑桥市大学街6号的三居室公寓里。7号星期二的午后12点40分，对她没去参加考试感到奇怪的男友上门来找她，这才发现了她的尸体。根据警方的说法，她浑身是血地躺在床上，全身赤裸，蓝色睡袍凌乱地摆在腰部附近，脑袋就那样埋在毛毯、毛皮外套和床单里面，她是以趴着的姿势被杀害的。被发现的时候，她已经死去十到十二小时。

最奇怪的是，她的脸上、身上以及散落着书的床上，到处都撒着深红色的叫作（代赭石）Red Ocher 的氧化碘粉末。

并没有找到凶器，但推测凶器是作为考古发掘调查的纪念品赠给布里顿小姐的古代波斯的锋利石器或者是像手斧一样的东西。死因则是那件凶器对头部数次殴打造成的头盖骨大裂伤。

另外，布里顿小姐遭杀害的公寓，据说 1963 年有名的"波士顿绞杀魔"[1] 的十三位牺牲者中的十号牺牲者——波士顿大学二十三岁的研究生贝弗利·扎曼斯（Beverly Samans）也曾住过，是一栋有故事的公寓，一座被烟熏黑的、砖瓦构造的四层楼。

接下来我对杀人现场稍微描述一下：现场没有外部入侵的迹象　没有发生盗窃，也没有在公寓内发生争斗的迹象。被害人的头部被殴打时，似乎是坐在和加害人面对面的床上。入口的门没锁，这是因为布里顿小姐和隔壁同是

---

1. 在 1962 年 6 月 14 日至 1964 年 1 月 4 日，波士顿地区有 13 名十九至八十五岁的单身女性被谋杀。大多数人在她们的公寓里遭到性侵犯并被勒死。后来，一直叫作阿尔伯特·德萨沃的男子被认定与这一系列犯罪有直接联系，但民众普遍认为还有其他凶手存在。

专攻人类学的研究生唐纳德·米切尔夫妇共同使用冰箱的缘故。

最初，很多人认定这是一次性犯罪，但验尸解剖的结果没有发现施暴的迹象（不过随后发现的布里顿小姐的日记中，证实了她最近接受过堕胎手术的事实）。

好了，接下来就让我们来研究下红色粉末的秘密吧。

代赭石，是和由土中的赤铁矿和铁矿提炼出的颜料Bengala（红壳）成分相同的物质。早在史前时代就已被用于岩窟壁画、陶器上色、身体装饰和尸体埋葬等。根据布里顿小姐的老师哈佛大学的人类学系主任斯特凡·威廉所说："这种颜料被全世界的原始民族广泛使用。"即使现在，只要去涂料店或五金店也能轻易买到。

根据《东方神话》的作者 G·H·吕凯（Georges-Henri Luquet）所说，原始社会人类的埋葬除了有各种各样的随葬品以外，"会随葬红色的赭石（从赤铁矿或过氧化铁中来的颜色）。这些东西屡次在放置尸体的地方被大量发现，这种颜色的痕迹一直存在于人骨和周围的物品上。各种现存的未开化人，尤其是澳大利亚的土人，因为颜色的缘故把这种红色赭石和血一视同仁。也因为这个理由，他们将其认作是生命和力量的本质。实际上，旧石器时代的人类也会把这种大量用在坟墓和尸体上的赭石，当作食物一样贮存起来，把它们作为已达到彼岸并在那重新定居的死者的供品。"

在原始社会，人们想要确保死去的人们还能以某种实体存在，基于这种愿望和信仰，人们认为死者和生者一样，需要为其供应来世生活的必需品吧。随葬品便是因为这样的需求而诞生。而红色粉末，就像是能支持死者一直存在下去的生命本质、生命元素之类的东西。只要有红色粉末存在，尸体就不会被恶灵缠身，能直接前往天堂。

在伊朗，这种远古世界通用的埋葬风俗曾在距今数千年的时代（大概是琐罗亚斯德教[1]的全盛时代）复活过。布里顿小姐在去年夏天的考古学挖掘旅行中，应该和教师以及友人们一起，近距离目睹过这种古代埋葬风俗。

若是这种作为宗教仪式杀人的说法成立的话，那么自然犯罪嫌疑人就缩小到了布里顿小姐在哈佛大学的朋友们身上。警察询问了超过一百人的学生以及教师职员，发现其遗体的男友詹姆斯·汉弗莱斯和隔壁的米切尔夫妇都主动接受了测谎。布里顿小姐和犯人是熟人的事情，从她头

1.古代波斯帝国的国教。因信徒在火前祷告而又得名为拜火教。

上的伤、她没有抵抗、没被施暴的事实以及屋子里没有盗
窃的痕迹等事都能清楚看出。

　　警察没有找到任何线索，事件到现在已是陷入迷宫的
样子。我作出了一个假想：如果宗教仪式杀人的说法是对
的，莫非加害人是在得到了被害人的同意之后，趁着她处
于酩酊状态，实施犯罪的吗？这种假说的棘手之处是必须
承认被害者是有埋葬爱好（热爱和死有关的事情），根据
传出的一部分流言，她是麻药（尤其是 LSD[1]）的惯用者，
就这一点来说，我这个假说也绝不是毫无道理。

　　传出布里顿小姐可能在偷偷吸食麻药的说法，是因
为她在公寓室内的墙上画了猫、猫头鹰、大象和长颈鹿等
画。而众所周知，LSD 的惯用者具有绘画性的视觉幻觉
倾向。

　　如果犯人是在梦一样的致幻之旅（幻觉旅行）的过程
里，深信自己是古代琐罗亚斯德教徒然后犯下了平常做不
出的残忍犯罪的话，宗教仪式杀人的说法便能够完美成立
了。而从麻药中清醒过来恢复正常行动的本人，是不是还
清楚地留有犯罪当时的记忆，不得不说这点还是存疑。

　　另外，被杀的布里顿小姐，或许也在泛滥着万花镜般

---

1. LSD，即麦角酸酰二乙胺，一种强烈的致幻剂，非法药物。在十九世纪
六十年代非常流行，LSD 直接影响了嬉皮士运动，推动了迷幻音乐的发展。

的美丽色彩洪流中，酣醉于古代东方之梦里，什么痛楚也没感觉到，心满意足地让自己的头部接受着凶器的击打。

说起来，以前的某一时期，因为新闻出版业的煽动，美国发生过 LSD 骚乱，作为 LSD 教主而被人大书特书的那位心理学家也曾是哈佛大学的教授 [1]。他宣称"麻药能开发我们至今尚未知晓的自己的'内部世界'和'内部的精神世界'。"结果，这位心理学家的革命性学说与社会常识相冲突，他便被哈佛大学开除，陷入了窘境。

大家应该也知道，毒药和麻药常常和原始宗教、萨满联系在一块儿。从前的巫术，为了达成灵魂出窍、神灵附体的状态，经常利用麻药的药理作用。琐罗亚斯德教把肉体看作灵魂的坟墓，通过致幻之旅，让灵魂离开肉体到外面四处溜达，这不是挺好吗？虽然没什么根据，但我不由得认为，布里顿小姐抱有兴趣的东方宗教肯定是琐罗亚斯德教。

前些年，披头士因为热衷瑜伽，跑去印度的事情大家都知道的吧。东方，也就是印度、伊朗这块地方，对于那些对近代西欧文明已经感到厌烦、对大众社会环境感到窒息的欧洲和美国的青年们来说，已经快成为憧憬的圣地。

---

1. 指艾伯特·霍夫曼（Albert Hofmann），LSD 的发明者。曾出版过《LSD——我那惹是生非的孩子》。

考古学并非古董收藏，其实是很现代的东西。这个杀人事件乍一看有着像范·达因、埃勒里·奎因的古典推理小说那样的脉络，可却也给人一种现代风潮的感觉，我想原因正是如此吧。

根据《纽约时报》对此事件的特别报道，哈佛大学的女学生简·布里顿小姐在三居室公寓里养了一只宠物猫和一只乌龟。与日本学生的生活相比，称得上是十分优雅了。而她研究的题目是近东的新石器时代文明，但同时她也把对与该研究相匹敌的热情投进了油画、料理、文学以及巴赫上面，是一位高尚、聪慧、外向、充满自信、性格开朗的女孩子。对波普文化没有抵触并乐于接受它，所以能看出她也有平易近人的一面。

但根据其他女性朋友们的证言，布里顿小姐据说是个"容易受伤的人"，对自己的体重十分烦恼，也不怎么约会，过着作息不规律的生活。"她在剑桥有很多奇怪的朋友——依靠别人生活的人、性格挑剔的怪人——和他们的交往倒是很多。对于这些人，哈佛大学和拉德克利夫女子大学模范学生都会退避三舍。那伙人似乎经常举行聚会。"

根据和她在拉德克利夫女子大学一年级开始就是好友的基尔希夫人的证言，布里顿小姐喜好库尔特·冯内古特那样的知识分子所写的黑色幽默科幻小说。

"她拥有能让对方不知所措的敏锐洞察力，能用一句话就让对话立刻终止，可以说性格十分挑剔吧。"

黑色的头发，有点显胖，布里顿小姐在拉德克利夫女子大学是成绩出类拔萃的学生。以人类学系第二名的成绩在该校毕业。

根据伊朗考古队的领队、哈佛大学的兰贝格·卡尔洛夫斯基教授所说，在考古旅行中，她的马术让在当地雇佣的人惊叹不已，还多次施展了厨艺才能，很有幽默感，不论何时都能让自己显得很有精神。"是一个不容易对付的女孩子，"教授说，"她拥有强烈的个性，能立刻作出反应。喜欢音乐，尤其是巴赫。因为我喜欢莫扎特，所以她好像觉得我的品位相当幼稚。"

我猜想布里顿小姐可能有着头脑聪明的女孩子常见的那种性格：一丝不苟的同时也有些马虎。学习姑且不说，在日常生活这块儿她有着相当颓废的倾向。若是让只见识到她认真一面的朋友们看到，恐怕会觉得她不是一个好女孩，形迹很可疑吧。根据女友们的证言，看来她多少有和嬉皮士们的往来，也参加过他们的聚会。所以像隔壁邻居米切尔夫人那样断然否认她使用过麻药的说法，实在难以令人信服。布里顿小姐喜欢科幻和巴赫，对嬉皮士风和波普文化有共鸣，从某种角度来看，她不正是体现了现代美国知识分子的典型倾向吗？

面对"布里顿小姐在墙上画了动物，是因为她经常使用麻药吧"的质问，隔壁的米切尔夫人是这样回答的："住在这样的房子里，谁都会想要对房间进行改造的吧。我觉得这是非常正常的事，简是十分现代的女孩。"

虽然对政治不怎么关心，但她也作为大学在校生在"民主党青年俱乐部"上登记了自己的名字，支援了共和党自由主义者埃利奥特·理查森（后来当上了副国务卿）竞选 1966 年的马萨诸塞州司法部长的选举。总的来说，她还是很有进步知识分子的样子。

虽然不是对穿着很在乎的人，但她偶尔也会喜欢打扮自己。对厨艺十分骄傲，经常招待朋友们，法国菜、俄罗斯菜和希腊风味的菜肴都不在话下。一天三包烟，经常抽强劲的法国烟草。

作为文学少女的她最为中意的台词，是科幻作家冯内古特在《泰坦的女妖》中所说的这样一句话："我们全是这样，我也是不断发生的事故的牺牲者。"

我对这句话蕴含怎样的深意并不太了解，但我却意识到这句话与她的不幸结局（至于是不是不幸还无从得知）太过贴切了。

"二十世纪最引人瞩目的地方就是性杀人和虐待杀人的增加"，英国作家科林·威尔逊如是说。接着，更有下面的这番话："如果要同二十世纪的犯罪对比的话，我们必须追溯到更加久远时代的魔法、追溯到相信自己是吸血鬼或狼人的人们的犯罪。虽然很难理解当时的人们为什么要那样做，但我们生活的时代和中世纪一样，很多犯罪都是对社会的反叛表现。"

除了性犯罪，我们无法不对此感兴趣的还有无缘由的杀人、哲学式杀人以及美学式杀人吧。无论哪一种都别有深意，正如威尔逊说的那样，也许是对社会最为根源性的反叛吧。这位布里顿小姐的考古学杀人事件——如果它是除了模仿古代埋葬仪式没有其他任何目的的犯罪的话——因为其道具的华丽，应该将它归类进美学式杀人的类型里。

总之，因为唯一的目击证人是她饲养的猫 Fuzzy，所以红色粉末的谜是解不开了。

据说十九世纪法国的著名女明星莎拉·伯恩哈特

（Sarah Bernhardt）无论何时都会在自己家里放一副棺材，她喜欢躺在里面装死。周围的人越是悲伤哭泣，她就越是感到高兴。幻想自己的死能感到快感的倾向，在心理学上称作"埋葬爱好"。虽然是我毫无责任的推断，但我实在没办法不怀疑年轻的女考古学家简·布里顿小姐是不是也有类似的倾向。

　　在读过这则葬礼式杀人事件的新闻报道后，我的女性朋友们立即给我打了电话，叹息着说道："喂，要是我明天无论如何都会死去的话，我也想那样死掉呢。"在故事的最后，我觉得有必要加上这件事。

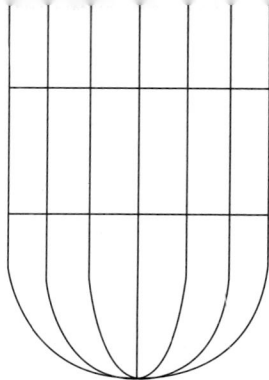

倒
错
的
性

虽然简单来说就是异常或倒错，但在性的领域要想弄清正常和异常、健康和生病的区别是件很困难的事。最近在性学家当中，也有人会非常慎重，避免使用"倒错"这个词。

如果是身体上的疾病，那就简单了。感到疼痛或是某个特定器官出现了衰竭，变得无法再使用，这种情况下，医生就可以很明确地断定是疾病。但性就没这么简单了，虽被说成是病、倒错，但其实只是个人取向的问题而已。

例如有喜欢收集女性内衣的恋物癖者。当然盗窃内衣是犯罪，但光是收集内衣、高兴地在自己的房间里偷偷挂起来欣赏，这个男人的行为完全没有危害社会。到底有什么必要一定要矫正这个男子被称作病态、倒错的性欲呢？

被称作性倒错的行为中也包含像 Scopophilia（偷窥

癖）、Exhibitionism（裸露癖）的行为。可是，不说别的，就按照我们自己的经验，作为健康的普通男性多多少少也都有这些方面的欲望吧？走在自动扶梯和天桥下的时候，想往上看看穿迷你裙的女性的裙下风光，对于这种想法社会一向是睁一只眼闭一只眼。无论是多么异常、多么残酷、多么怪诞的性欲望，如果只是在我们的脑海里妄想，那就是自由的。我甚至会觉得，在想象力的作用下，没有一种所谓的性倒错是我们无法理解的。受虐和施虐自不必说，Necrophilia（恋尸癖）也好，Zoophilia（恋兽癖）也好，Coprophilia（粪便癖）也好，绝不是什么在我们无法想象的世界中才会发生的事情。我认为应该这样思考：正如我们只要走错一步，谁都有可能成为犯罪者一样，只要走错一步，不也是谁都有可能成为"性倒错者"吗？

　　最近的新闻上，美国的男女同性恋者在标语牌上用大字写着"承认我们的权利吧！"，进行示威游行。这在被清教徒伦理观支配的从前，简直难以想象。这和社会形势的变化有关，也和本世纪心理学和性学的飞跃发展脱不开关系。正如瑞典的拉尔斯·乌勒斯坦[1]医生说的那样："打

---

[1]. 拉尔斯·乌勒斯坦（Lars Ullerstam），生于1935年，瑞典心理医生，性解放运动的支持者。他认为大部分人所以为的"变态"是正常的心理现象，主张为性少数群体提供抒发情绪的出口，这在当时引起过很大的争议。

破所有有关性倒错的偏见吧！放宽和性犯罪有关的法律吧。"现在涌现了许多宣称这种观点的学者。

总而言之，在性的世界中要想清楚地划出异常和正常、有病和健康的界线是不可能的。性倒错的世界不是和我们没有交涉的另一个世界，而是和我们紧挨着的世界。性倒错者很可能就是我们隔壁的邻居。其实，性欲从本质上来说，就是指向倒错的。请大家把这样的概念植入脑海里，在下文中，我只是出于方便的目的才使用"倒错"这个词。

我想起了过去在报纸社会版上小小的一块地方看到过这样一则极其意味深长的事件：某位年轻的自卫队队员在深夜一个人玩上吊游戏，结果脖子真的吊住了，快要死了的时候这才出声找人求救。根据这个男子的自白，似乎是看了电影后，想模仿看看才那样干的。读了这则新闻报道后，我们几乎都能直接感觉到这个奇妙事件里的受虐狂意味。（男子是自卫队队员，实在是过于象征性了！）世间对此也进行了批判。大概连上吊的本人也没有意识到自己的受虐狂性格吧？我想，这些自己都没发觉自己是性倒错者的人的增加，不正是欲求不满的现代大众社会的特征吗？

这样的例子并不少见。只要在有关自杀事件的新闻报道中仔细找的话，就能发现好像哪里都有和倒错沾上边的东西。就在最近，美国的一则新闻报道了和这个上吊的自卫队队员情况十分相似的事件。

美国西部的某座城市，发现了一名少年的全裸尸体，他戴着摩托车的专用眼镜、脖子上牢牢套着狗项圈。这种情况肯定也是上吊游戏的一个变种。再加上有墨镜、皮革项圈这样的奇妙小道具，大家很容易读出其中所混杂的恋物癖要素吧。附带一提，有名的阿部定事件也是男女双方在肉体交合中，掐脖子闹着玩时不小心造成的误杀。

再顺带介绍一个受虐狂上吊事件的古典式例子。

1830年某个夏天的早晨，和法国王室关系密切的大贵族、被称为"最后的孔代亲王"[1]的路易·德·波旁被发现死在了圣卢城的某间室内，他被吊在窗户的挂钩上，浑身赤裸。死时这位大贵族年届七十。他有位从英国带回来的年轻情人，并让她和自己的家臣弗歇尔男爵结了婚，这个女子叫作苏菲。虽然也有人怀疑她可能和这个事件有关，但因为王室的命令，这个丑闻被压了下去。不过，世间到处都是和此有关的风言风语，据说，这位老人是位恶贯满盈的受虐狂。早在年轻时，就因为脾气火暴闻名，他

----

1. 孔代亲王（prince de Condé），法国的贵族称号，"孔代亲王"是波旁家族的旁系。

在法国大革命时，指挥过亡命贵族的军队进行战斗。

接下来我将介绍法国著名女演员莎拉·伯恩哈特的古怪爱好，这可跟受虐狂的爱好截然不同。因为她的爱好和恋尸癖或恋物癖有联系，性倒错的气质很明显。

根据揭露莎拉·伯恩哈特私生活的女演员玛丽·科隆比耶（Marie Colombier）的说法，这位著名女明星最喜欢和葬礼、尸体有关的东西了。她在巴黎挨个寻找医学院，并在附近来回转悠，成打成打地购入人类的头盖骨，据说是为了装饰自己的房间。不止如此，她还特地跑去殡仪馆下单，要求打造一口豪华棺材，里面要铺着缎子布料，材料要用黑檀木和白银。她喜欢自己躺在里面装成已经死掉的样子。

当莎拉第一次躺在棺中叫来自己的男性朋友们时，一无所知来到她家的他们全都被吓得呆立在门口不敢动弹。微暗的房间中，只有蜡烛亮着光，他们往棺材里面瞧了一眼后，发现在铺着黑缎子的棺材里，穿着白衣的莎拉闭着眼睛，身体一动不动，脸色苍白，宛若真的死人。因为她是演员，所以变脸级别的化妆术正是她的拿手好戏。

过了一会儿以后，莎拉像复活的拉撒路[1]一般从棺材

1.拉撒路是耶稣的门徒和好友，耶稣从坟墓里将他复活。

里坐了起来，用一副恐怖表情向守护在旁边的男士们望去，然后扑哧一声笑了出来。她向男士们发出了邀请："有人想和我一起躺在这个棺材里吗？"但谁也不敢主动请缨。于是莎拉闹起了情绪，说："那么，你们是已经不爱我了吧？"最后，一名鼓足勇气的男子进入了棺中，和她一起躺下，在这个新花样的床上，他的欲望之火从未燃烧得如此热烈。

　　性倒错包含的领域，似乎并没有像恋物癖那样丰富。莎拉·伯恩哈特的例子，其实是恋物癖的一种极端情况（喜爱和死有关的概念和物体）。说起来，恋物癖不光包括喜爱某一部分肉体、衣服的气息等多少和人的肉体有关的东西，也包括喜爱机械和物体那样没有人格的无机物，或者是爱好与它们有关的观念，包含了非常多的领域。有喜欢毛皮的人，也有喜欢橡胶的人，有喜欢皮革的人，也有喜欢玻璃（比如医疗器械）和钢（比如锁）的人。无论什么样的东西，都可能像电池一样能给性欲望充电。

　　作为一种病理学上的性癖，喜好灌肠器的人好像格外多。大概是因为这种医疗器械与自己孩童时期的体验有密切联系的缘故吧。[1]但是克利福德·艾伦（Clifford Allen）报

---

1. 小朋友肠胃不畅，有对他们进行灌肠的治疗方法。

告的例子比这还要有趣。某名男子是橡胶制品的恋物癖，他在各个药店之间来回转悠，从美女店员那里买来专门给婴儿吸的橡胶乳头，这件事比什么都让他快乐。简而言之，这是一种乳房情结的变形：这位幼儿性格的男子从药店的女店员那里买来橡胶乳头，含在自己嘴里，就能沉浸在甜美的幻想中。

闪闪发光的钢剑、武器，常成为施虐者和受虐者的性癖。据说以前就有恋物者对物体爱得不可自拔，甚至到了不见血就不会停下的地步。加涅教授报告过一个不可思议的例子：法国某位叫欧仁的青年，是个奇怪的Anthropophagy（食人欲）和受虐的自我破坏欲结合在一起的人。真不知道应该把他归于哪一种倒错范畴。

1891 年，巴黎巡警发现了一位在公园长椅上坐着的日薪劳动者打扮的年轻男子，走上前后吓了一跳。因为这位青年用剪子把自己左手腕上的肉剪下来，正以一副心驰神往的表情，大口大口地吃着那片沾着血的肉。

不过，自己吃自己的肉并不会构成犯罪，若说是个人的自由的话确实也属于个人的自由，但光是这样还不足以说明这个例子有多么异常。

警察将他带回去听他说明了情况。原来在这位青年的脑海中，自十三岁的少年时代开始，就被一种奇妙的、如同固定观念般的甜美妄想萦绕住了。他只要一看见皮肤白皙的年轻姑娘，就想咬下那位姑娘的一块肉，想吃得不得了。换句话说，洁白的皮肤就是他的恋物癖。于是才从刀具店买来大剪子，在街上转悠，物色自己理想的姑娘，但一直没有找到机会下手。终于他走累了，在公园的长椅上坐下，便将自己手腕上最柔嫩白皙的部位用剪子剪下来，就这样一边在脑海中幻想着姑娘的肉，一边吃自己的肉。实在是一位惊世骇俗的男子。

说到自我破坏欲，按照弗洛伊德的说法，是一种道德上的受虐狂，也就是说，有的人会不知为何抱有一种无意识的罪恶感，渴望获得惩罚，并由于这种渴望成为受虐狂。但这位青年的情况并不怎么符合这种定义。准确地说，他这种情况应该是施虐狂和恋物癖都扭曲了，并一起作用到了自己身上。

自克拉夫特·埃宾以来，被性学家分类的性倒错不胜枚举：Masturbation（手淫）、Homoeroticism（同性恋）、Transvestism（异装癖）、Pedophilia（恋童癖）、Gerontophilia（恋老癖）、Pygmalionism（爱偶像癖）、Urophilia（恋尿癖）、Coprophilia（嗜粪癖）、Kleptophilia（盗窃癖）、Olfactophilia（恋味癖）、Pyrophilia（恋火癖）、Cunnilingus（舔阴）、Fellatio（口交），等等。

　　我想关于这里面的同性恋、SM 我已经讲过很多了。现在我想讲的是我自己特别感兴趣的一个 Necrophile（恋尸癖）的例子。

　　这个例子来自法国亚力克西·埃波拉尔（Alexis Épaulard）博士所做的详细报告，是关于一位令人吃惊的叫作维克托·阿尔迪松（Victor Ardisson）的男子的事情。报纸上称他为"勒米伊的吸血鬼"。他虽作为出没墓地的惯犯被监禁在精神病院里，但其实是个颇为老实的男子。面对医生的提问也能很好地作答，医生们对他也抱有好感。

　　他发掘从三岁幼女到六十岁老妇的女性尸体，一个个地挖出来往自己家里搬。但无论是间接还是直接，他一次也没有对她们施加过性方面的凌辱。他还非常珍视一位十三岁少女的已经干化的头颅，并把它称为他的"未婚妻"，把它放在十字架、天使像、弥撒书和蜡烛这些奇妙的收藏品中间，小心翼翼地保存着。

　　被警察发现时，他家中收藏室里的稻草上，放着他最近刚带回来的三岁幼儿的半腐尸体。据说，他还给腐尸的脑袋上戴了顶旧帽子。这不是个让人心生安慰的故事吗？

　　阿尔迪松的职业是挖墓工人，想必弄到尸体对他来说是件很容易的事。无论是什么阶层、什么年龄层的女性，他都会把她们当成是自己的东西。但如前文中讲的，他完全不会想用性器官去接触她们，只不过是不时地抚摸"她们"而已。据他本人所说："从三岁到六十岁，无论是怎样的女人都会令我觉得满足。"

说起来十分有趣，仅有一次，他把他挖出来的尸体又放了回去，因为那具尸体只有一条腿。少女的小腿肚是他觉得最有魅力的地方，细长的少女的腿是阿尔迪松的"性癖"。在这点上，他的审美和那位《洛丽塔》的作者一模一样，据说他屡次梦到拥有美妙小腿的少女在自己的周围飞来飞去。

诚然，阿尔迪松是位智力低下、字也写不好的男子，但他也会一整天热情地读儒勒·凡尔纳的冒险小说，或是听古典乐，是位脾气古怪的人。在收藏室里，他对着少女的尸体，倾诉着各种话题。

在犯罪史上有名的恋尸者中，有很多人，比如像在墓地掘出尸体不是进行侵犯而是撕得粉碎的波特兰中士[1]等，被认为有很明显的虐尸倾向。但唯独这位阿尔迪松的例子最特别，他有种非常幼稚的感觉，给人一种好像在稚拙地模仿着埃德加·爱伦·坡的那种诗意的哥特风。这就是我对他格外有兴趣的原因。

1.Guy Endore 的小说《巴黎狼人》的主角。

后记（新装版）[1]

《怪奇人物博物馆》原本是我在昭和四十一年至四十四年前后大约四年间，在《别册小说现代》上连载的作品。因为是所谓中间杂志[2]向的读物，所以我写得比较通俗易懂。最后两章中，《古石器杀人》发表在《妇人公论》（昭和四十四年四月）上，《倒错的性》发表在《小说新潮》（昭和四十五年）上。最后一章因为手头还没有杂志，我也不清楚是在几月号上发表的。

单行本《怪奇人物博物馆》最初由桃源社在昭和四十六年出版，已是七年前的事情。那时候怪奇幻想还没热起来。关于帕拉塞尔苏斯和卡缪斯特罗，现在种村季弘氏已经出版了详细的传记，读了本书后有兴趣的各位，请务必读读看。本书如果能引导各位读者

---

1. 指桃源社在 1978 年重新出版的《怪奇人物博物馆》。
2. 除了“中间杂志”，还有“中间小说”“中间文化”或“中间读物”这样的表述。是战后日本一种介于大众文学和纯文学中间的类型。“中间杂志”是以刊载“中间小说”为主的杂志。当时的三大“中间杂志”是《ALL读物》《小说新潮》和《小说现代》。

进入怪奇幻想文学的话，作为作者的我也会感到格外荣幸。

昭和五十三年一月
涩泽龙彦

后 记（文库版）

《怪奇人物博物馆》最初于昭和四十一年至四十四年前后大约四年间，在作为季刊出版的讲谈社的《别册小说现代》上进行连载。只有最后两章，《古石器杀人》发表在《妇人公论》（昭和四十四年四月）上，《倒错的性》发表在《小说新潮》上。最后一章因为手头边找不到杂志，我也不清楚是在昭和四十五年的几月号上发表的。

当时还不能做到简单的复印，所以我恐怕是把杂志页斯下来带去印刷厂时，丢在那儿了吧。放到现在可能无法想象，但在数十年前，刊登着单行本上所需文章的杂志，都是要这样拆掉的。之前居然还有过那样的时代，能让大家在现在这个复印的全盛时代回想一下以前，倒也不算是徒劳无用。

单行本由桃源社在昭和四十六年二月出版，只在五十三年再版过一次，没有被收录到我的著作集里。

《怪奇人物博物馆》的目录中，能看到卡缪斯特罗和帕拉塞尔苏斯的条目，关于他们，现在种村季弘氏已经出版了详细的传记，读了本书后有兴趣的各位，请务必读读看。这本书因为原本是为所谓的中间杂志所写的，因此写得通俗易懂，如果本书能作为一个台阶，让读者想要更加深入探究这个世界，作为作者的我也会感到满足。

昭和五十九年六月
涩泽龙彦

解　说

东雅夫

在讨论涩泽龙彦的有关事情时，事前似乎都要和对方确认一下彼此是看着涩泽龙彦的哪本书长大的。

我的"涩泽体验"，要从我的故乡横须贺市繁华街的平坂书房车站书店二楼，楼梯右手边放置文学全集的书架开始，那里的一角上放着桃源社版的《涩泽龙彦集成》，释放出明显的异样气息。

我记得那是1970年，那段时间，我在去补习班的公交车站台耳闻了三岛由纪夫自杀的消息，不由得感到内心躁动不安。

就像发现了老鼠的猫，又或者是像遇见了拉斯普京的贵妇人们那样，我花光了零花钱一本一本地把涩泽龙彦的书买回家。我埋头阅读那些被细小的两栏铅字紧紧塞满的书，现在回想起来，那墨绿色布面精装本使用的涂料散发出的独特味道，好像现在也还萦绕在我的鼻前。

　　神秘学、色欲、怪奇幻想的文学和艺术……六十年代的十年间作者编织的初期文学成就，在一个月里，几乎全都集中扔进了我这颗沉浸在被绑在改造人用的手术台上的本乡猛（假面骑士 1 号）的幼稚头脑里。虽然当时的理解还不够深，但那种烙印却十分深刻，让我的世界观整个为之一变。

　　1971 年春天，桃源社发行的豪华盒装本《怪奇人物博物馆》，是我第一次拿到手的涩泽龙彦的新书。因此，我印象深刻。

　　关于后世对于本书的评价，给《涩泽龙彦全集》第十卷写过序文的种村季弘氏有过下面这样绝妙的评语：

　　"因为有在杂志上发表的性质，所以这些文章是用非常轻松的风格写就的，还有像把库尔特·冯内古特误写成克鲁特·冯内特（《古石器杀人事件》）这样的笔误，在今天看来算是非常显眼，就让我们享受这一场偶尔有些杂音的、仿佛睡衣派对般的谈话吧。六十年代，日本到处都是关于法国大革命的古老逸闻和美国嬉皮士革命的各种新闻，好像把玩具一股脑全倒出来的玩具箱一样，是一个有点天真无邪和可爱的时代。"

　　本书收录的大部分随笔，是在 1966 年秋天到 1969

年夏天连载于创刊没多久的中间小说杂志《别册小说现代》二的。与在此不久前在《文艺》上连载的《异端的肖像》进行比较的话，就会发现虽同是西欧异端人物评传的主题，但作者按照发表杂志的性格，不止内容连文体也巧妙地进行了改变，两边的分别非常清楚。

虽然正如种村季弘氏指出的"仿佛身穿睡衣般的讲述"那样，可如果大家因此便立即判定这些作品流于庸俗、格调不高，可就大错特错了。

从一直在九善的服装店定做西服、西装革履且威风堂堂的"巴伐利亚的疯王"路德维希二世，到"颓废派少年皇帝"埃拉伽巴路斯，《异端的肖像》的文风使人对这些奇人偏爱有加、欲罢不能，现在重读也是一桩美事。而《怪奇人物博物馆》则文风豪放，像是涩泽穿着睡衣、稳稳当当地盘腿坐下，一只手里放松地端着兑水威士忌，另一只手倾尽自己的知识储备写下的西洋"Ero-Gro-Nonsense"（色情-怪奇-荒谬）故事。不也有一种让人难以割舍的感觉吗？

不止如此，我不得不感到，后来作者的文学成就，尤其是以《唐草物语》（1981年）为开端的"绮谭"

系列——在进行虚实之境来回嬉游的尝试，到《高丘
亲王航海记》（1987 年）采用的那种精炼的文体的萌
芽，也正是孕育于本书从容不迫的语调中。比如《哲
学家和魔女》这篇，就算混进《唐草物语》《龙彦之国
绮谭集》中，起码在文风方面，也不会有什么违和感。

　　附带一提，本书中登场的人物，以今天的目光看
来可能会被当成是过气人物，但在七十年代前后看来
则是稀奇新颖的。本书列出的人物堪称时代先驱。从
《诺查丹玛斯的预言》到《炼金术师卡缪斯特罗》，能
证明作者有先见之明的事例在后世不胜枚举。

　　顺便一提，在本稿执笔前，我正好看完宇月原晴
明感人肺腑的新作——长篇小说《安德天皇漂流记》，
总觉得如果没有涩泽赋予其肉身的"高丘亲王"的角
色的话，也不会诞生这样的作品。在启发出这种美妙
的角色的创造方面，本书在作者的文学成就中，应该
是一部可以被当作转折点的作品吧。

图书在版编目（CIP）数据

怪奇人物博物馆 / (日) 涩泽龙彦著；詹妍
译 -- 北京：九州出版社，2020.9（2021.9重印）
ISBN 978-7-5108-9166-3

Ⅰ.①怪 · Ⅱ.①涩… ②詹… Ⅲ.①散文集—日本
—现代 Ⅳ.①I313.65

中国版本图书馆CIP数据核字(2020)第099418号

YOUJIN KIJIN KAN by TATSUHIKO SHIBUSAWA
©RYUKO SHIBUSAWA 2006
Originally published in Japan in 1984 by KAWADE SHOBO SHINSHA Ltd.Publishers
Chinese (Simplified Character only) translation rights arranged with
KAWADE SHOBO SHINSHA Ltd. Publishers, TOKYO.
through TOHAN CORPORATION, TOKYO.

著作权合同登记号：图字01-2020-4071

怪奇人物博物馆

作　　者	[日]涩泽龙彦 著　詹妍 译
责任编辑	周　春
出版发行	九州出版社
地　　址	北京市西城区阜外大街甲35号（100037）
发行电话	（010）68992190/3/5/6
网　　址	www.jiuzhoupress.com
印　　刷	天津中印联印务有限公司
开　　本	130毫米×185毫米　　32开
印　　张	5.25
字　　数	102千字
版　　次	2020年9月第1版
印　　次	2021年9月第2次印刷
书　　号	ISBN 978-7-5108-9166-3
定　　价	30.00元